P9-CAO-764

JEAN-CLAUDE MOURLEVAT

Jean-Claude Mourlevat a publié une quinzaine de romans jeunesse dont *La Rivière à l'envers*, *L'Enfant Océan*, *Le Combat d'hiver* et reçu de nombreuses récompenses telles que le prix Sorcières et le prix des Incorruptibles qu'il a obtenus plusieurs fois. Il est traduit dans une vingtaine de langues. Après le grand succès de *Et je danse*, *aussi*, co-écrit avec Anne-Laure Bondoux, il poursuit sa route en littérature adulte avec *Mes amis devenus*, publié chez Fleuve Éditions.

MES AMIS DEVENUS

DU MÊME AUTEUR
CHEZ POCKET

ET JE DANSE, AUSSI
Avec Anne-Laure Bondoux

MES AMIS DEVENUS

JEAN-CLAUDE MOURLEVAT

MES AMIS DEVENUS

fleuve
ÉDITIONS

Ouvrage publié sous la direction
de Xavier d'Almeida

Pocket, une marque d'Univers Poche,
est un éditeur qui s'engage pour la préservation
de son environnement et qui utilise du papier fabriqué
à partir de bois provenant de forêts gérées
de manière responsable.

Le Code de la propriété intellectuelle n'autorisant, aux termes de l'article
L. 122-5, 2° et 3° a, d'une part, que les « copies ou reproductions strictement réservées à l'usage privé du copiste et non destinées à une utilisation
collective » et, d'autre part, que les analyses et les courtes citations dans
un but d'exemple et d'illustration, « toute représentation ou reproduction
intégrale ou partielle faite sans le consentement de l'auteur ou de ses
ayants droit ou ayants cause est illicite » (art. L. 122-4).
Cette représentation ou reproduction, par quelque procédé que ce soit,
constituerait donc une contrefaçon, sanctionnée par les articles L. 335-2
et suivants du Code de la propriété intellectuelle.

© 2016, Fleuve Éditions, département d'Univers Poche
ISBN : 978-2-266-27650-4

1

LE CHAT DANS SA COUVERTURE.
L'IDÉE DE JEAN.
LE FERRY QUI S'EN VIENT.

Sur le ferry qui relie Le Conquet à l'île d'Ouessant, nous ne sommes pas plus de vingt passagers, et la plupart somnolent en cabine malgré le temps clair. C'est le milieu de l'après-midi, un samedi d'octobre. La mer est étale, je la regarde scintiller, appuyé au bastingage. Naviguer vers une île, même si c'est pour un simple saut de puce, me remplit d'allégresse, sans doute parce que je suis un enfant de l'intérieur des terres, et que rien ne m'est aussi exotique, rien ne me parle autant de liberté que le grondement sourd d'un moteur de bateau, le vent marin et le cri des mouettes. Je suppose que je suis le seul non-îlien à bord, du moins si j'en juge par le désintérêt que les autres portent à la traversée.

Au port du Stiff, j'avise un taxi et lui demande s'il connaît M. Pâques. *Bien sûr que je connais Joseph*, me répond le chauffeur, *c'est pour la clé, j'imagine. Vous avez loué la maison d'à côté ?* Il a raison.

Le week-end, l'agence est fermée et le vieux M. Pâques rend ce service de remettre la clé aux locataires, puisqu'il habite tout près.

Sa bicoque délabrée est peinturlurée de vert, de rouge et de jaune écaillés. *Suivez le guide !* me lance-t-il, et j'ai la certitude que c'est la plaisanterie d'usage qu'il sert à tous ceux qu'il accueille. Il pousse un portillon mal ajusté et nous suivons un étroit passage dans le fatras de son jardin : des hectomètres de vieilles cordes qui s'effilochent jusqu'à partir en poussière, des tuyaux en caoutchouc de tous diamètres, des mètres cubes de planches et de ferraille enchevêtrées. *Vous êtes les Parisiens ?* demande-t-il, et je ne prends pas la peine de le détromper, bien qu'aucun de nous cinq ne vienne de Paris. *Que faites-vous de tout ça ?* lui demandé-je à mon tour en désignant son bazar, et il me répond d'un *oh ça...* évasif, en levant une longue main qu'il laisse retomber contre sa cuisse. Il me précède et un souffle de vent m'apporte son odeur âcre, mélange de sueur et de crasse. *Et c'est vous l'écrivain ?* reprend-il. Impossible de savoir, au ton qu'il y met, s'il y a là l'expression de son respect ou bien s'il faut entendre au contraire : et c'est vous le branleur ? Dans le doute, je me contente de confirmer.

Le taxi, qui m'a attendu, me dépose avec mes bagages deux cents mètres plus loin, devant cette maison où nous allons passer cinq jours ensemble : Jean, Lours', Luce, Mara et moi.

Je l'ai louée en ligne sur le site de l'office du tourisme de l'île. À mon approche, elle s'efforce de ressembler le plus possible à sa propre photo pour bien montrer qu'il n'y a pas d'arnaque. Elle y arrive parfaitement : murs blancs, volets bleu océan, nuages au-dessus du toit. Cinq chambres : deux au rez-de-chaussée et trois à l'étage. Deux salles de bains : une en haut et l'autre en bas. Je l'ai choisie dans les prix moyens, ne connaissant pas l'état de fortune de mes amis, celui de Luce en particulier.

L'intérieur est vieillot, un peu kitsch, mais propre. La salle est séparée de la cuisine par un bar en bois sombre, trop haut, équipé de quatre tabourets avec, posé sur l'un d'eux, un énorme cendrier de plâtre qui représente un crapaud. Le canapé et les trois fauteuils sont moches mais confortables, semble-t-il. Je suppose que c'est là que nous allons nous échouer pour boire, fumer (Jean ne fume pas, ni moi, mais les autres ?) et parler. Où Mara sera-t-elle assise ? Comment sera-t-elle habillée ? Quelle chambre prendra-t-elle ? La contraction de mon estomac à cette évocation m'amuse et me désole : est-ce que je serai jamais guéri ?

C'est Jean qui a eu l'idée de ces retrouvailles. Il m'a appelé au mois de juin dernier, ce triste matin où je venais d'enterrer mon chat.

On nous avait dit que les chats ne dépassaient jamais quinze ans, or le nôtre en avait dix-huit, exceptionnelle longévité. Certes il ne ramenait plus ni mulots ni oiseaux ni lézards depuis plusieurs étés déjà, mais il avait vaillamment tenu le coup jusque-là. Les derniers jours, il ne mangeait plus, et si on le contraignait à avaler un peu de poisson bouilli, même bien écrasé et sans aucune arête, il le vomissait aussitôt. On lui comptait les côtes. Quand il s'est mis à trembler sur ses pattes, à miauler, lui qui ne miaulait presque jamais, nous avons compris qu'il souffrait ou bien qu'il était peut-être angoissé par la conscience de sa mort prochaine, et ça ne nous était pas supportable, si bien que j'ai appelé la clinique vétérinaire qui m'a donné rendez-vous pour le matin même. Il s'est laissé emmener docilement, me faisant toute confiance. Je l'ai transporté dans sa vieille et immuable couverture, je n'avais aucune envie de le mettre dans une cage et je savais qu'il ne bougerait pas. L'infirmière, une jeune femme en tablier mauve, était prévenue et elle m'a accueilli avec la délicatesse et la gravité d'une employée des Pompes funèbres. Elle m'a entraîné à l'écart, fait asseoir et demandé si je n'avais aucun regret. Je lui ai dit que si, que j'étais plein de regrets mais que nous étions bien décidés, ma femme et moi. Elle a brièvement ausculté le chat que je tenais toujours sur mon giron et constaté à son triste état que nous prenions la bonne décision. Est-ce que je voulais assister aux piqûres ? Il y en aurait une première pour l'endormir et une seconde, létale, pour le faire partir. Je lui ai répondu que je préférais attendre à l'accueil. Quand elle est revenue, cinq minutes plus tard, elle portait dans ses bras la couverture avec notre chat mort enroulé dedans. Elle a vu que j'étais ému et elle m'a dit : *Eh oui on s'y attache à ces bêtes...* J'ai acquiescé, réglé la note et je suis rentré chez moi.

J'ai creusé un trou au fond du jardin et nous l'avons enterré là avant midi. Ma femme a ri et pleuré à la fois en me faisant remarquer qu'il avait passé dix-huit ans à nos côtés sans nous dire un seul mot. Il lui manquerait beaucoup, surtout quand elle serait seule à la maison, le soir. Elle appellerait les enfants dans l'après-midi pour leur annoncer la nouvelle, ils seraient tristes.

Je rangeais juste la bêche dans la remise quand mon téléphone portable a sonné. C'était Jean et sa surprenante proposition. Sa voix pleine d'enthousiasme rendait le refus difficile. *On louerait une maison quelque part, pour trois ou quatre jours, et chacun viendrait seul, sans conjoint. On marcherait. On mangerait bien. On pourrait se raconter ce qu'on est devenus. Qu'est-ce que tu en penses ?* Je lui ai d'abord demandé pourquoi sans les conjoints, à quoi il a répondu qu'on aurait bien assez à faire avec nous-mêmes puisqu'on ne s'était plus revus depuis... depuis combien de temps au fait ? Oui, depuis plus de quarante ans. Il pensait qu'on se sentirait plus libres ainsi. Et pourquoi maintenant ? Quelle mouche le piquait ? Aucune. Il ne se laissait piquer par aucune mouche, il avait eu l'idée comme ça. J'ai ensuite objecté que c'était s'exposer à un danger certain, que je n'étais pas grand amateur des retrouvailles et des « tu te rappelles quand... », que j'avais comme lui, à force de ruse et de mensonges, échappé jusque-là à tous les banquets de la classe, l'équivalent pour moi d'une parade des monstres, et que je comptais bien mourir sans en avoir célébré aucun. Retrouver tous les dix ans les mêmes personnes chaque fois plus enlaidies de bedaines, de calvities, de taches, de rougeurs, de pâleurs, de mollesses, équipées de lunettes, d'appareils auditifs, et qui vous renvoient à votre propre décrépitude, non merci. Nous deux, je voulais dire Jean et moi, étions restés des types tout à fait épatants, jeunes d'esprit, drôles, mais les trois autres pouvaient très bien avoir mal tourné. Il a ri et m'a rétorqué que Lours' était devenu kinésithérapeute et Luce documentariste, ce qui inspirait plutôt confiance, non ? Je n'ai pas compris son raisonnement. Est-ce qu'être kiné ou documentariste était une garantie de qualité humaine ? Il a dit que les gens ne changeaient pas comme ça, et comme je restais sceptique, il a usé de sa botte secrète :

— *Revoir Mara ne te ferait pas plaisir ?*

Jean s'est chargé de contacter Lours' et Mara, et le soir même il me transmettait leur réponse : tous les deux trouvaient l'idée très excitante et ils étaient partants. Dès lors le projet m'a semblé moins saugrenu et dans le même élan j'ai cherché à joindre Luce. Je l'ai dénichée dans l'annuaire du Jura, où elle était répertoriée sous son nom de jeune fille : Luce Mallard. La sonnerie a retenti dans le vide pendant une semaine, au bout de laquelle elle a enfin répondu. Elle s'est excusée, elle rentrait tout juste de voyage. Nous ne nous étions plus parlé depuis quatre décennies, mais sa voix était restée la même, juvénile et résolue. *Silvère ! Incroyable ! Quel bonheur de t'entendre ! Est-ce que tu sais que je pense souvent à toi ? Je repense toujours à ce matin où on est partis ensemble, en stop, tu te souviens ? Ça me met les larmes aux yeux rien que d'en reparler avec toi, là.* Je lui ai répondu que moi aussi je pensais souvent à elle, ce qui n'était pas un mensonge. La proposition de Jean l'a mise dans un état émotionnel surprenant. Elle a répété que l'idée était grandiose, oui grandiose. D'un commun accord nous avons évité les questions qui nous brûlaient les lèvres à propos de nos vies respectives. Nous garderions ça pour les retrouvailles. Juste avant de raccrocher, elle m'a tout de même demandé : *Tu joues toujours de la guitare ?* Je n'en jouais plus depuis l'âge de vingt-deux ans et j'ai mesuré l'ampleur du travail de remise à jour qui nous attendait.

C'est moi qui ai choisi Ouessant, et ce début octobre qui convenait à tous. Je suis venu en avance pour ouvrir et préparer la maison. Ils arriveront tous ensemble, demain dimanche, et je les accueillerai à l'embarcadère, au ferry de 18 h 10.

De l'étage on voit l'océan depuis toutes les fenêtres. Je m'attribue cependant une chambre du rez-de-chaussée, la plus petite des deux et la moins claire, dans laquelle je dépose mes affaires, avec l'espoir qu'ils m'en sauront gré. Je trouve dans le garage trois bicyclettes en état de marche, il suffit de gonfler les pneus. Je choisis la plus performante et je roule jusqu'au bourg de Lampaul à la nuit tombée, l'oreille ravie par le doux frottement de la dynamo bouteille sur le pneu. Je dîne dans une crêperie, la première venue. Je suis le seul client et tandis que j'attends d'être servi, je pense à mes quatre amis, aux quelques courtes années que nous avons partagées, il y a si longtemps, mais qui me sont inoubliables. J'ai apporté un polar qui reste fermé à côté de mon assiette. Le marque-page me fait du gringue : tu en es là, tu en es là, mais je suis ailleurs, je suis autrefois, et la seule histoire qui m'intéresse à cet instant, c'est la nôtre, l'histoire de Jean, de Mara, de Lours', de Luce. Et la mienne.

L'imminence de leur arrivée active tellement ma mémoire que c'en est un prodige. La patronne doit me prendre pour un demeuré avec cet air absent que j'affiche, ce regard fixe et perdu. Ou bien elle pense que je viens d'assassiner quelqu'un et que je revois la scène, ou encore que je veux me suicider et que c'est ma dernière crêpe (est-ce que du coup elle va me la garnir plus généreusement ?), enfin que je vis quelque chose de très intense. Elle s'inquiète pour moi : *Ça va, monsieur ?* Je la rassure : oui, je vais très bien. Je suis juste submergé, envahi. Une brèche s'est ouverte, par laquelle le passé se rue. Cela continue pendant tout le repas, pendant mon retour à bicyclette, pendant toute la soirée que je passe sur le canapé, enroulé dans une couverture, dans le silence, l'œil rivé à un détail du papier peint, pendant toute la nuit, en demi-rêve.

Ma mémoire me ramène plusieurs fois, bien malgré moi, à cette scène qui concerne Mara et moi, et qui a dans mon souvenir la violence d'un accident de la route.

Je travaille dans le poulailler, vêtu d'un short taché et de vieilles bottes en caoutchouc. J'ai dix-sept ans. Je suis torse nu, mes jambes, mes bras, ma poitrine sont maigres. Mon visage, mon dos, mes cuisses dégoulinent de sueur à laquelle une poussière grisâtre se mêle. J'en ai dans les yeux, sur les cils, dans les narines, sur les lèvres. Mes cheveux sont collés à mon front. Je suffoque dans l'air saturé de l'odeur âcre des fientes. Mon père m'a demandé de nettoyer ce poulailler et je m'exécute à contrecœur, le plus vite possible, avec ma large pelle et mon balai. Dès que j'aurai fini, je prendrai une douche, je mettrai une chemise fraîche, je me parfumerai, je sauterai sur ma mobylette et j'irai rejoindre Mara, en ville. Elle n'aura aucune idée de ce à quoi je ressemblais une heure plus tôt, puisque toute trace et toute odeur auront disparu. Or mon projet s'effondre car voilà qu'elle surgit de façon impromptue à la porte du poulailler, et me surprend dans cette situation, la plus humiliante qu'on puisse imaginer. Avec ses cheveux noirs et bouclés, sa robe rouge et courte qui découvre le doré de ses jambes jusqu'à mi-cuisse, ses bras et ses épaules nus, elle est d'une beauté sidérante et parfaitement déplacée en ce lieu. Je suis écrasé de honte. C'est pire que si elle m'avait surpris nu. Elle recule d'un pas, pour ne pas avaler la poussière qui vole, elle bute contre la brouette, agite sa main devant son visage, siffle et me lance : *Salut Silvère ! Waouh !* Elle me sourit mais c'est trop tard, j'ai vu sur sa bouche, sur sa très jolie bouche, le bref et incontrôlable rictus, le coin relevé de la lèvre supérieure qui signifie clairement : *Mais c'est dégueulasse !* J'ai lu aussi l'étonnement dans ses yeux : *C'est donc là que tu vis, c'est donc là d'où tu viens ?*

Luce, elle, je la revois dans une scène ô combien plus agréable. C'est un petit matin d'été. Nous sommes tous les deux au bord d'une route de campagne, nos sacs à dos à nos pieds, et nous partons en auto-stop pour notre premier lointain voyage. Nous sommes libres et ivres de notre liberté. Elle me dit : *C'est génial, non ?* Et je lui réponds que oui c'est génial. Je sais déjà que le plaisir de la retrouver demain à l'embarcadère sera sans ombre, sa voix au téléphone en est la promesse.

Lours', je le revois dans une scène morbide dont j'étais absent mais qu'il m'a rapportée à l'époque (*je ne l'ai pas racontée à plus de quatre personnes, Silvère*) : il est allongé par terre, dans une salle de classe, et il tient dans ses bras une femme morte. Je ne sais pas comment il va m'apparaître, comment son grand corps se sera accommodé du temps, à quel point il aura changé.

Les trois ont dix-sept ou dix-huit ans dans mon souvenir, parce que je ne les ai pas revus depuis. Leurs images se sont figées à cet âge de leur vie et n'en ont plus bougé. Jean, c'est autre chose, puisque nous ne nous sommes jamais perdus, jamais quittés et que nous avons même commencé de vieillir ensemble.

Le petit jour et la maison vide me retrouvent embarqué dans ce même voyage hypnotique, cette même plongée qui m'entraîne plus loin encore dans le passé, jusqu'en ce temps que j'appelle le temps des pintades, celui de mon père jeune, de ma mère vivante, de ma sœur, de notre chien, de moi enfant. Les visages et les voix me reviennent tandis que je marche sur les sentiers en surplomb de l'océan, puis l'après-midi tandis que je fais les courses à l'épicerie en prévision du dîner. J'entasse tout dans le panier fixé sur mon porte-bagages : du poisson, du riz, des épices, des tomates, du beurre, de l'huile, des olives, du pain, du fromage, du vin blanc, du whisky, de l'eau minérale. Je sais ce qu'aime Jean, mais les autres je n'en ai aucune idée, je ne les ai pas revus depuis si longtemps. J'hésite à cuisiner et je décide finalement que nous le ferons ensemble, je ne veux pas avoir l'air de les recevoir, et s'il y a de la gêne, ce sera bien de s'occuper les mains.

J'ai acheté une carte postale pour mon père et je m'applique à l'écrire très lisiblement. Je finis comme toujours par : *Affectueusement, ton fils Silvère.* Je sais qu'il va la lire assis à la table de sa cuisine, à la loupe, plusieurs fois, sans rien omettre, même pas le tampon de la poste, puis qu'il va l'ajouter aux autres, aux dizaines d'autres, dans une boîte à chaussures. Je ne suis jamais allé à plus de trois cents kilomètres de chez moi, que ce soit à Angoulême ou à Tokyo, sans envoyer une carte à mon père, la plus classique possible : de Paris la tour Eiffel, de Marseille le Vieux-Port et de Londres Big Ben.

Jean m'appelle à 16 heures pour m'informer qu'ils se sont retrouvés tous les quatre comme prévu, à Brest, qu'ils s'apprêtent à embarquer et qu'ils ont hâte de me voir. Luce et Mara sont arrivées ensemble en voiture, Jean et Lours' par le train. Je lui demande : *Comment sont-ils ?* et je l'entends leur transmettre ma question : *Il me demande comment vous êtes...* Une voix féminine, joyeuse : *Dis-lui que nous sommes très bien !* et des rires. Je veux savoir qui a parlé, si c'est Luce. *Non*, me dit-il, *c'est Mara*.

Vers 17 heures je n'y tiens plus et je pédale jusqu'au port où j'arrive bien trop en avance, sous le même soleil automnal que la veille, dans la même fraîcheur. Pour patienter je zigzague sur le parking, dessinant de ma roue avant des huit paresseux sur le bitume. Puis j'appuie ma bicyclette à un mur, je fais les cent pas. Enfin je m'avance sur l'embarcadère et m'accoude à une barrière d'où je fixe l'endroit de la mer par où le bateau va venir.

À quoi vont-ils ressembler ? Je m'attends malgré moi à les voir apparaître dans l'éclat de leur jeunesse, intacts, tels qu'ils étaient autrefois, et rigolant du bon tour qu'ils auraient joué à ce salaud qu'est le temps. Je pense que je vais voir Luce mince et vive, les cheveux ras, et qu'elle aura dix-sept ans, que je vais voir Lours' grand et fort, avec ses cheveux noirs et bouclés, et qu'il aura dix-sept ans, je pense que je vais voir Mara surgir du passé telle qu'elle était lorsqu'elle m'a demandé si j'avais une gomme à lui prêter, le tout premier jour, quand elle m'a ensorcelé.

Oui, à quoi vont-ils ressembler ? Et à quoi vais-je ressembler, moi, à leurs yeux ? Aux yeux de Mara surtout. En partant de la location, je me suis observé dans le miroir de la salle de bains et je ne me suis pas fait peur. Je ne suis ni gros ni chauve, mais j'ai des rides, mon cou est plissé, la peau de mes avant-bras et de mes coudes aussi. J'ai eu le temps de m'habituer à ce que je suis devenu, eux non.

À 18 heures la tache tremblée du ferry apparaît au loin, elle semble longtemps ne pas se rapprocher, mais elle se précise soudain à l'entrée de la baie. La mer étincelle sous le soleil oblique. J'entends déjà la note obstinée du moteur. Le bateau semble aller de travers, mais c'est bien vers moi qu'il se dirige, avec sa coque bleue. Il m'apporte Jean, Lours', Luce et Mara. Je le regarde venir, le cœur battant.

2

L'INCENDIE. LA PORTE.
LA PRESTIDIGITATION.

Il s'agit d'une histoire d'êtres humains, donc, et pourtant j'ai déjà évoqué deux animaux : un chat et un chien. Le chat est récent, c'est celui qui a fini dans sa fameuse couverture après dix-huit années de frôlements, de caresses et de silence. Paix à ses moustaches, n'en parlons plus. Le chien c'est différent, c'est celui de mon enfance, une grande bête foutraque et généreuse, à qui je dois entre autres choses d'avoir appris à marcher sur mes deux jambes, ce qui m'a considérablement servi par la suite.

C'était il y a longtemps. C'était dans notre ferme.

Pour trouver chez nous, je veux dire là où j'ai passé les premières années de ma vie, il fallait demander sa route plusieurs fois, se perdre plusieurs fois et se faire mordre par plusieurs chiens. La récompense était d'arriver au bout d'un étroit chemin dans une cour poussiéreuse l'été, boueuse l'hiver. La maison d'habitation était une fermette traditionnelle avec ses pierres noires et ses trop petites ouvertures. Derrière il y avait les poulaillers et les parcs clôturés. On me dit : *C'était près de Louveyrat, c'est ça ?* Je réponds : *Non, c'était loin de Louveyrat.* C'était loin de tout.

Le jour de ma naissance, la moitié du pays brûlait. La canicule sévissait depuis plus de deux mois et tout était sec : les taillis, l'herbe des prés, les arbres, les gosiers. Il ne manquait que l'allumette et quelqu'un pour la jeter. On a su très vite que ce quelqu'un, c'était l'aîné de chez les Peyroux, le Roland, qui n'était pas bien vissé. Il n'avait pas eu l'intention de mettre le feu au département. Il avait juste voulu voir comment ça faisait quand ça brûle. C'est du moins ce qu'il a déclaré en tordant son béret sur son ventre et en pleurant quand on l'a obligé à avouer. Il avait fait un tas de petites branches et s'était armé d'un genêt pour éteindre au cas où. Mais les herbes alentour s'étaient enflammées et le feu s'était propagé, galopant vers le taillis, puis vers le bois. Il avait eu beau donner du genêt à s'en déboîter l'épaule, le Roland, le combat était perdu d'avance et il avait couru chez lui en criant : *Ça brûle, ça brûle !* Cela peut paraître incroyable, mais il n'a pas été inquiété, il a juste pris une raclée par son père, et tout le monde s'est tu. Par « raclée », il ne faut pas entendre une petite correction assortie de réprimandes, mais une vraie dérouillée qui l'a laissé à moitié évanoui.

Sa jeune sœur, la Paule, qui est née la même année que moi, n'était pas mieux vissée que lui. Il y avait apparemment un problème de serrage dans la famille. Pas bien vissée. L'expression est plaisante. J'imaginais les vis et les boulons se promenant en liberté dans la tête de ma classarde. Un petit tour de clé et elle serait peut-être redevenue normale, la Paule, mais personne ne l'a jamais donné et elle a continué avec ce bazar dans sa tête, à rire aux éclats et à lancer à tout propos ses célèbres *oh là là !*, ce qui ne l'a pas empêchée, quatorze ans plus tard, dans sa grange, de me révéler certains secrets féminins que j'ignorais, me faisant franchir en quelques minutes un pas de géant dans mon apprentissage amoureux. Si j'évoque déjà la Paule, c'est parce qu'elle a finalement joué un rôle capital dans la première partie de ma vie, et pas seulement dans cette grange, mais j'y reviendrai le moment venu.

Le pays brûlait, donc. Les pompiers débordés ne savaient plus où donner du casque ni de la pompe malgré les renforts venus de toute la région. On en parlait dans le journal et même à la TSF en prononçant de travers les noms de chez nous. L'eau manquait. La rivière, on aurait dit un ruisselet. À la fontaine du village, la gargouille à tête de chien pissotait piteusement.

Il faisait chaud, et ça brûlait partout. Quatre morts déjà, dont un footballeur, ce qui était très inquiétant parce qu'un footballeur court vite en principe et devrait pouvoir échapper aux flammes, surtout un ailier gauche. À quelques lancés de pierre de la maternité, l'incendie ravageait les pins. Le vent du sud en apportait l'odeur de roussi et le crépitement. Le personnel, à qui on n'avait donné aucune consigne spéciale, continuait à faire son devoir : les infirmières infirmaient, les médecins médecinaient, les patients patientaient. À la chambre 12 ou 14, ou 19, qu'importe, ma mère, gonflée comme une outre, gémissait. J'étais son premier enfant, et elle découvrait

23

combien ça faisait mal. Parfois, une tête passait à la porte et disait : *On vient, madame, on vient...* Ma mère répondait : *Oui venez, parce qu'il vient...* Il, c'était moi. Dans la chambre, il devait faire quarante degrés au moins, et la malheureuse suait par tous les pores de sa peau. Elle était menue dans sa chemise de nuit blanche, tout en ventre, dégoulinante, les doigts crispés, le visage émacié par la fatigue et la chaleur.

Il est arrivé ceci : la sage-femme est enfin venue s'occuper d'elle, puis le médecin les a rejointes. C'était le docteur Missonnier, qu'on soupçonnait d'avoir assassiné sa femme dans les années 1930, mais on n'avait rien pu prouver au bout du compte, d'où son acquittement. Ensuite les deux se sont à nouveau absentés, pour aller chercher quelque chose qui manquait je suppose, et c'est là qu'il y a eu ce courant d'air et que la porte métallique de sécurité qui équipait la salle d'accouchement a claqué. Ça a fait un *SCHLAK !* assourdissant. Les deux poignées, celle de l'intérieur et celle de l'extérieur, sont tombées, et plus personne n'a pu ouvrir cette porte (si j'étais un écrivain américain, j'écrirais : cette putain de porte). Ma mère s'est retrouvée toute seule à pousser, tandis que de l'autre côté la panique gagnait. On s'activait pour rien sur la serrure, on s'engueulait, on se renvoyait la balle. L'homme à tout faire de l'hôpital a finalement couru chercher une échelle qu'il a posée contre le mur extérieur, sous la fenêtre. C'était au premier étage. Il a grimpé en sautant un échelon sur deux, cassé le carreau avec son poing entouré d'un chiffon, passé son bras et quand il a pu ouvrir, il a vu que le bébé était déjà là. Il s'est retourné, et

il a annoncé à la cantonade, dans le patois du pays :
Il est arrivé !

Mon père avait transporté ma mère à la maternité
le matin dans sa camionnette bâchée, et il était reparti
aussitôt parce qu'il avait trente pintades à livrer à une
boucherie, plus au nord, du côté où ça ne brûlait pas
encore. Mon père élevait des pintades. On lui avait
dit que l'accouchement prendrait du temps du fait
que c'était le premier, qu'il était inutile de poireauter
à la maternité, que s'il avait autre chose à faire…
Alors il avait embrassé ma mère, lui avait demandé
une fois de plus si elle ne lui en voudrait pas s'il la
laissait, elle lui avait répondu que non, que tout irait
bien, qu'il ne devait pas s'en faire, alors il lui avait
dit qu'il ferait le plus vite possible et il était parti. Le
reste de la matinée, il avait vu son client, ils avaient
bu un coup ensemble, il était passé ensuite au garage
du coin pour montrer l'embrayage de la camionnette
qui broutait, bref il avait pris son temps, même celui
de manger un morceau, seulement quand il est revenu
à la clinique, en début d'après-midi, il a compris tout
de suite que quelque chose clochait.
Un docteur l'a fait asseoir dans un bureau en lui
donnant du *monsieur Benoit* toutes les dix secondes
et, après avoir fermé la porte afin que personne ne
les dérange, il lui a expliqué, avec d'autres mots bien
sûr, que s'il était arrivé à la maternité, lui M. Benoit,
avec la personne qu'il aimait le plus au monde, il en
repartirait aussi avec la personne qu'il aimait le plus
au monde, mais qu'à la suite d'un formidable tour de
prestidigitation, ce ne serait plus la même. Mon père
a mis du temps à comprendre ce qu'il lui expliquait,

à savoir l'hémorragie impossible à stopper lors de la délivrance, l'irrigation insuffisante des organes vitaux et la terrible conséquence : le décès de Mme Benoit. Dès qu'il a été en état de répondre autre chose que *non non non*, qu'il a cessé de pleurer pendant quelques secondes, et de gémir, plié en deux sur ses propres genoux, on l'a emmené voir sa femme morte, puis le bébé. Une infirmière lui a demandé pour le prénom. Il a dit qu'il n'en savait rien, puisqu'ils étaient convenus avec sa femme qu'elle nommerait le garçon si c'en était un et que lui nommerait la fille si c'en était une. Et chacun avait gardé le secret jusqu'au bout, malgré toutes les manœuvres de l'autre pour le percer (c'était allé jusqu'à la torsion de bras dans le dos). Pour une fille il avait prévu Rosine, mais pour un garçon, il n'avait aucune idée. L'infirmière l'a informé qu'il avait encore le temps de réfléchir avant l'enregistrement officiel, que la loi lui donnait quelques jours, mais il n'a pas voulu attendre. C'était la Saint quoi, aujourd'hui ? Elle a tiré un petit agenda de la poche de sa blouse et cherché. C'était la Saint-Silvère. Il a dit *va pour Silvère*.

Il avait vingt-deux ans, mon père, quand je suis né. Et ma mère tout juste dix-neuf. Ils s'étaient mariés au début de l'hiver, à cause de moi, parce qu'elle me portait déjà dans son ventre.

3

BOBET. LES DEUX FRÈRES.
LES YEUX NOIRS.

L'incendie a été maîtrisé dans les jours qui ont suivi, sans faire d'autre victime que le pourtant rapide ailier gauche. Je ne pense pas qu'il y en ait eu de tel dans notre région ni avant ni après (je parle des incendies, pas des ailiers). Ce n'était pas le Sud chez nous, quand même. Tout s'était déclenché en même temps, une sorte de folle accélération des événements : le feu, la porte qui claque, ma naissance, la mort de ma mère.

Mon père a fait le pari de m'élever tout seul. Il s'y est employé de son mieux. Il est difficile de s'occuper à la fois de six cent cinquante pintades et d'un nourrisson. La sage-femme lui avait conseillé de veiller à l'hygiène compte tenu de son activité professionnelle, aussi il prenait soin de se laver les mains à fond, au savon de Marseille, chaque fois qu'il passait des unes (les pintades) à l'autre (moi). Il le faisait au robinet fixé sur le mur extérieur et frottait énergiquement sous ses ongles avec la petite brosse spéciale. Il ôtait aussi ses bottes crottées dès qu'il entrait dans la pièce principale que j'occupais en permanence pendant la journée, sous la surveillance de Bobet (ainsi nommé en hommage à Louison Bobet, vainqueur à trois reprises du Tour de France dans ces années-là). En fait, mon père a passé un an et demi de sa vie à se laver les mains au savon de Marseille, à brosser ses ongles, à ôter ses bottes et à les remettre.

Au tout début, une nourrice est venue pour m'allaiter, mais mon père en a vite eu assez. Ça le gênait qu'elle me donne le sein en sa présence, même avec le mouchoir qu'elle dépliait dessus (alors qu'elle n'avait jamais lu le *Tartuffe* de Molière). Il n'osait pas regarder et se contentait de demander de loin : *Ça va ? Il prend bien ?* Ça le gênait plus encore qu'elle finisse toujours par éclater en sanglots : *Oh pauvre Jeanne... pauvre Jeanne* (ma mère s'appelait Jeanne), *c'est toi qui devrais être à ma place... c'est toi qu'il devrait téter...* Il a donc renvoyé très vite la nourrice et opté pour le biberon, avec toutes les contraintes que ça représentait. Dès que je pleurais, le chien Bobet, un grand bâtard jaune au poil rêche, aux oreilles pendantes et à l'œil marron, allait donner l'alerte à mon père qui était en train de réparer un grillage ou de régler le chauffage du poulailler pour un lot de pintadeaux fraîchement livrés. Il disait : *Oui Bobet, c'est bon, j'arrive.* Il venait en trottinant, ôtait ses bottes, se lavait les mains à l'évier, brossait ses ongles et venait aux nouvelles. Le plus souvent, j'avais faim. Alors il faisait tiédir le lait au bain-marie dans une casserole, le testait sur le dos de sa main ou au besoin en y goûtant lui-même, il me prenait sur ses genoux, me regardait téter jusqu'à ce que le biberon soit vide, puis il me calait sur sa poitrine et me tapotait le dos le temps qu'il fallait pour que je rote, après quoi il me recouchait, remettait ses bottes et repartait en trottinant. Une demi-heure plus tard, cela recommençait parce que mes langes étaient sales, ou parce que j'étais ébloui par un rayon de soleil, ou parce qu'un moustique me harcelait ou autre chose encore. Et mon père revenait inlassablement, sans jamais se fâcher.

Quand il devait s'absenter plus de deux heures, il me donnait un biberon d'avance, il s'assurait que je sois propre et il me confiait aux soins de Bobet : *Tu le gardes, hein ?* Le chien s'asseyait alors près de mon lit et n'en bougeait plus. C'était un lit en bois menuisé par mon grand-père et dont le côté représentait grossièrement un wagon de train (les côtés ajourés faisaient les fenêtres et les pieds étaient en forme de demi-roues). Dès lors ma sécurité était assurée. Personne d'autre au monde que mon père n'aurait pu s'approcher de moi sans se faire mordre. Bobet, qui était par ailleurs une bête joueuse et amicale, perdait tout sens de l'humour aussi longtemps qu'il était investi de cette mission sacrée : me garder.

Pas de famille proche si on excepte mes grands-parents, mais on verra que ça ou rien... Peu d'amis. Pas de visites à part les clients, que mon père ne faisait pas entrer et à qui il servait un verre de vin rouge sur une caisse renversée, sous le hangar. Je me demande bien, à part mon père, quels êtres humains j'ai pu voir pendant ces dix-huit premiers mois de ma vie. Quel autre visage que le sien s'est penché sur moi.

L'acquisition du langage se fait par imitation, paraît-il. Si tel est vraiment le cas, mon premier mot n'a pas été papa, encore moins maman, mais sans doute *ouaf.*

Il y avait bien mon oncle Marcel, le frère aîné de mon père, mais les deux se détestaient viscéralement. Ils avaient failli s'entre-tuer un an plus tôt, un soir de bal, comme deux cerfs pour une biche, et ils seraient sans doute allés jusqu'au bout si on ne les avait pas arrêtés avant. Ils s'étaient déjà bien amochés à coups de poing, encerclés par une dizaine de jeunes avinés qui les excitaient en parole, et on pensait que ça en resterait là, mais Marcel avait saisi une bouteille vide par le goulot, l'avait brisée contre le mur de pierre et hurlé à son frère : *Je vais te piquer, t'as entendu ? Je vais te piquer !* Au lieu de le maîtriser, ces imbéciles avaient jeté une autre bouteille à mon père pour qu'il puisse se défendre à armes égales. Il l'avait brisée lui aussi, faisant jaillir les angles aigus du verre et maintenant ils se défiaient, l'écume aux lèvres. Cet affrontement à mort entre deux frères de sang avait la dimension d'une tragédie antique et les spectateurs, même incultes, devaient le ressentir. Une fille un peu moins bête que les autres a couru réveiller le garde champêtre qui habitait tout près. Il est apparu à la fenêtre de sa chambre et elle lui a crié : *Venez vite, il y a les frères Benoit qui s'étripent !* Il est venu avec son fusil de chasse et a mis Marcel, le plus enragé des deux, en joue, jusqu'à ce qu'il laisse tomber son arme. Rien n'avait jamais pu réconcilier les deux frères.

Ma mère devait être bien jolie pour les avoir poussés à cette sauvagerie. Il n'existe d'elle, à ma connaissance, que deux photos. La première est celle de leur mariage, une photo en noir et blanc. Il y a là une vingtaine de personnes debout et costumées qui posent avec des expressions étonnamment sérieuses pour la circonstance. On se demande qui est mort. Pas de Marcel sur le cliché. Pas d'enfants non plus. Mon père, le marié, porte une petite moustache en brosse, ridicule, et semble déguisé dans son costume. Ma mère tient un bouquet dans ses mains gantées de blanc. Elle est trop apprêtée pour qu'on puisse apprécier sa réelle beauté. Il m'est arrivé de scruter son visage à la loupe, sur cette photo, mais je ne trouve dans son regard que du mystère et les questions qu'elle semble se poser : que me serait-il arrivé si j'avais vécu plus longtemps ? Et surtout : qui es-tu, toi qui me regardes à la loupe ?

La deuxième photo la représente un peu plus jeune, à quinze ou seize ans, en plan américain, et là on comprend mieux pourquoi les deux cerfs se sont battus. On voit la gracieuse silhouette, la cambrure des reins, la légère inclinaison de la tête, les cheveux bruns détachés, et surtout le noir intense des yeux, leur expression coquine et les promesses qu'ils recèlent. Je veux bien croire que les deux frères aient été transpercés l'un et l'autre par ces yeux-là, et qu'ils en aient un peu perdu la tête.

Il faut savoir que c'est mon oncle Marcel qui avait d'abord séduit la jolie petite Jeanne. C'était au mois de juin de l'année précédente. Elle arrivait toute fraîche au village pour travailler comme employée de maison chez le notaire. Elle avait le parler pointu de la ville, mais pas l'arrogance. Marcel était beau garçon, il étudiait pour devenir assureur et il dansait le cha-cha-cha comme personne. Il était écrit qu'il l'emballerait, et c'est ce qui est arrivé. Ils n'ont pas perdu de temps et se sont installés ensemble dès septembre, même pas mariés, dans un petit appartement de Louveyrat dont le loyer mangeait la moitié de la paie de Jeanne, mais elle s'en fichait bien. Tout allait pour le mieux, sauf qu'il était jaloux, Marcel. Il suffisait qu'elle lève ses yeux sombres sur un autre pour qu'il entre en ébullition. Et il était violent aussi. Cela commençait par une giflette, mais si elle se rebellait, il ne se contrôlait plus et la tapait de plus belle. Elle l'a supporté quelques mois en silence, mais un soir, après un coup de trop, elle s'est réfugiée dans les bras de Jacques, le petit frère, qui habitait encore dans la ferme de ses parents, à l'époque. Elle a jeté un caillou au carreau de sa chambre, sur l'arrière, et elle est entrée par là.

Jacques, d'avoir cette mignonne chose contre lui, ça l'a tourneboulé. Le tendre relief des seins contre sa poitrine, le parfum des cheveux dans ses narines. Elle a su lui parler, aussi, et chacun sait combien les mots sont ensorceleurs. Elle a dû commencer par un *toi au moins tu es gentil, pas comme ton frère*, brouillé de larmes, et elle a poursuivi avec *serre-moi contre toi, j'ai peur*. De là on passe sans trop de peine à *tu as la peau douce* et on en vient fatalement au *je peux rester avec toi cette nuit ?* qui fait la bascule. Si bien que le lendemain matin, le paisible petit Jacques, l'âme embrasée et le corps en fièvre, lui a juré qu'il la défendrait, qu'elle n'avait plus rien à craindre. Ils ne se sont pas cachés. Ils se sont affichés ensemble, main dans la main, devant Marcel d'abord stupéfait de leur audace puis très vite écumant de rage. Et quand, deux mois plus tard, elle a annoncé à son nouveau fiancé *j'attends un enfant de toi*, Jacques s'est senti un homme, un vrai, avec l'immense fierté qui va avec. Son frère aîné pouvait bien mesurer huit centimètres de plus que lui, être, de l'avis de tous, plus futé que lui et n'avoir qu'une idée en tête, reprendre Jeanne, il ne la lui laisserait jamais. Plutôt mourir. Il lui déclarait la guerre mondiale.

Et maintenant une autre version de l'histoire, hélas moins jolie : Jeanne n'est pas encore avec Jacques. Elle fréquente toujours Marcel, mais elle n'a pas couché plus de six fois avec lui qu'elle en est déjà enceinte. Et dire que certains n'y arrivent pas ! Elle ne lui dit rien. Elle n'en parle à personne. Elle pleure toutes les larmes de son corps pendant une semaine entière parce qu'elle comprend qu'elle vient de lier sa vie à celle de cet homme à la main trop leste. Est-ce qu'elle va se résigner à l'épouser ? À encaisser des taloches pendant les soixante prochaines années au cas où elle vivrait jusqu'à quatre-vingts ans ? Non. Elle n'a pas la vocation. Est-ce qu'elle va trouver une faiseuse d'anges et faire passer l'enfant au risque de s'abîmer le ventre et de ne plus jamais en avoir d'autres ? Non plus. Son regard tombe alors sur le petit frère, Jacques, celui qui est un peu moins beau, un peu moins intelligent, un peu plus petit, celui qui tient la chandelle et qui rougit quand elle embrasse Marcel trop goulûment devant lui. Elle a bien remarqué qu'il en pince pour elle et elle en a joué, comme ça, pour rien, pour le plaisir de le voir la désirer. Mais elle l'aime bien, oui vraiment c'est un bon gars, Jacques. Elle sait qu'elle n'a qu'à claquer des doigts. Oh mais la voilà, la solution ! Elle n'hésite pas longtemps. Elle parle à d'autres hommes, un sourire par-ci, une petite manière par-là, bref elle provoque Marcel jusqu'à ce qu'il explose : il la frappe, elle se cabre, elle l'insulte, le traite de brute, il se déchaîne, frappe encore, elle s'enfuit, elle court dans la nuit, s'oblige à pleurer plus fort, déchire un peu sa robe comme dans un mauvais mélo, jette le caillou à la fenêtre et se jette dans les bras que Jacques éberlué a juste le temps de lui ouvrir. *Ton frère m'a battue. J'ai peur.* Et le tour est joué.

Qui est mon père ? La seule personne à pouvoir le dire, et encore, a emporté son secret avec elle dans la tombe d'un cimetière de la ville d'où elle était venue et où on l'a ramenée. Une modeste tombe sur laquelle est inscrit : *Jeanne Benoit née Roche 1933-1952.* J'imagine que les gens qui passent devant jettent un coup d'œil aux dates, font leur calcul et se disent : *Oh, elle était bien jeunette pour mourir, celle-ci.* En effet.

C'est quelques jours après ce passage de Jeanne des bras de l'un dans les bras de l'autre que les deux frères se sont défiés avec leurs bouteilles cassées, le soir du bal. Et ils se sont battus ensuite chaque fois qu'ils se rencontraient. À mains nues, à la fourche, au manche de pioche, à la caillasse, au gourdin. Ils ont essayé de se trouer, de se tordre, de se garrotter, de s'éventrer, de s'éviscérer, de s'étrangler, de s'étouffer, de s'assommer, de s'énucléer, de s'aplatir.

Un après-midi, Marcel est venu chez son frère sans s'annoncer et il ne l'a trouvé ni dans la cour, ni vers les pintades. Alors il s'est avancé jusqu'à la maison, a poussé la porte et appelé : *Y a quelqu'un ?* Bobet montait la garde, près de mon lit. Il n'a pas bronché, a laissé entrer le visiteur, mais quand celui-ci a fait mine de m'approcher, il a retroussé ses babines, juste de quoi découvrir un croc, et laissé échapper un grognement monté des tréfonds de sa gorge. Mon oncle s'est immobilisé. Il a essayé de lui parler : *Ça va ça va tu es un bon chien.* Mais Bobet a fait entendre la même sourde et lugubre menace, et lorsque mon oncle a voulu partir, il s'est posté près de la porte pour lui couper la retraite. Mon oncle est resté parfaitement immobile et silencieux, seule attitude tolérée par Bobet. Dès qu'il bougeait un cil, le grondement le rappelait à l'ordre. Il n'osait même plus croiser le regard de l'animal. Pendant deux heures il a observé le sol, la table, le buffet, la fenêtre... le sol, la table, le buffet, la fenêtre, en ruminant de noires pensées, jusqu'à ce que mon père revienne.

Dans la cour, ils se sont affrontés : *Fais-le piquer, ton chien, avant qu'il tue quelqu'un ! – C'est toi qu'il faudrait faire piquer, pauvre taré ! – Tu me traites de taré, toi, alors que tu es aussi con que tes volailles ? – Redis-le ! – Tu es aussi con que tes volailles ! – Elles te valent bien mes volailles et t'as rien à faire ici ! – Je viens voir le gosse ! – Je te défends de l'approcher. – Ah bon, et pourtant, j'en aurais, une raison de l'approcher, une très bonne ! – Ah oui, laquelle ? – Réfléchis bien et tu trouveras ! – Fous le camp ! – Ah, t'aimes pas qu'on te le dise ! – Fous le camp !*

Cette fois-là, ça s'est fini au corps à corps, dans la boue. Marcel était le plus costaud, mais son cadet a eu le dessus, sans doute animé de la rage de celui qui défend son honneur, la mémoire de sa femme et, ce jour-là, son territoire.

Voilà. Le bébé qui pleure dans son lit-train pendant que les deux hommes se rossent une énième fois. Un bébé qui aurait été bien embarrassé de crier *vas-y papa* ou *vas-y tonton !* car qui était qui ? Et le chien Bobet, qui aurait dû se précipiter dans la cour pour voler au secours de son maître, s'en fichait royalement puisque personne ne me menaçait, moi. Tandis que les deux se cabossaient la figure et s'administraient leur quarante-cinquième raclée, il avait posé ses deux pattes sur le rebord de mon lit pour me lécher le visage et me consoler.

4

LA FACTRICE. NIOUCASSEUL.
LA FACTRICE.

Le facteur qui venait chez nous chaque matin, au moins pour le journal, avait l'habitude de donner un petit coup à la vitre pour signaler son passage et il glissait le courrier derrière les barreaux en fer de la fenêtre. En décembre de cette année-là, il a fait une chute de vélo sur une plaque de verglas et s'est fracturé la clavicule. Dès le lendemain matin, une gracieuse factrice, la sacoche en bandoulière, a frappé à la porte, et mon père est allé ouvrir, son bol de café à la main. Elle lui a tendu le journal. *Bonjour, je remplace le facteur. – Ah, c'est bien...* a dit mon père. Elle a désigné mon lit. *– Ça lui fait combien à votre petit ? – Dix-sept mois*, a répondu mon père. *– Oh, mais ça doit trotter alors ! – Ah oui, pour trotter, ça trotte !* Notre seule décoration de Noël consistait en une guirlande de langes mis à sécher au-dessus du fourneau. *Et ça en fait du boulot, hein ? – Oh oui, ça en fait !* a confirmé mon père. Elle nous a souhaité une bonne journée et elle est partie continuer sa tournée.

Alors mon père est venu se pencher sur moi, un peu inquiet. Non seulement je ne trottais pas, mais je tenais à peine debout sans appui. J'avais au moins six mois de retard en motricité. Si encore j'avais compensé ça par une langue bien pendue, ce qui est souvent le cas, mais non, je me contentais de halètements, de *grr…* et de *ouaf…* Personne n'avait dit à mon père qu'il fallait parler aux bébés, qu'ils apprenaient comme ça. Il se contentait de me regarder, je suppose. Il m'a sorti du lit, planté sur mes pieds et lâché. Je suis tombé sur mes fesses. Il m'a redressé. Je suis retombé. Il a passé une partie de la matinée à essayer de me stabiliser, mais j'étais aussi tonique qu'un sac de ses graines pour les pintades. Il a fini par abandonner, le dos en compote. Bobet observait de loin, l'œil morose. Alors mon père a eu l'idée du siècle : il a appelé le chien et il m'a placé debout contre son flanc. J'ai aussitôt empoigné les longs poils jaunes et je n'ai plus lâché.

Me voyant ainsi arrimé à l'animal, le lendemain matin, la factrice a vite compris que j'étais moins avancé que mon père l'avait prétendu, mais elle a eu la délicatesse de ne faire aucune remarque. Au contraire, de jour en jour elle admirait mes progrès.

Et de jour en jour mon père admirait la factrice.

Elle était un peu ronde et son uniforme bleu marine ne la mettait pas en valeur. Mais la stricte casquette réglementaire laissait dégringoler une cascade de boucles brunes sur les côtés, et elle possédait un sourire généreux, un de ces sourires qui ensoleillent un visage et obligent presque à sourire en retour. Mon père le recevait chaque matin comme un cadeau qui lui donnait le courage de tenir une journée de plus. Et il en avait besoin. Entre le conflit chronique et usant avec son frère, les soucis de son élevage, le travail énorme que je lui donnais et la solitude de ses nuits, il n'avait pas beaucoup d'occasions d'être heureux, et il n'avait trouvé dans la première victoire de Louison Bobet au Tour de France qu'un réconfort très éphémère. Cela faisait un an et demi qu'il ne voyait pas grand monde et ses chances de faire une rencontre amoureuse étaient minimes. Difficile de courir les bals quand vous avez un bébé à la maison. Et même en imaginant qu'il y serait allé, il se voyait mal annoncer à la fille qu'il aurait réussi à ramener chez lui : *Ne fais pas trop de bruit, il y a mon bébé qui dort.* Bref, il était en mal d'affection, mon bon papa Jacques.

Ainsi, matin après matin, il s'est attaché à cette jeune personne. Il s'efforçait de faire bonne figure devant elle, il prenait soin de ses vêtements, de sa coiffure, il a rangé la pièce, débarrassé la cour de tout son fatras. Il s'essayait à lui dire des choses pas trop bêtes, ou amusantes, mais pour cela il manquait d'entraînement. Il lui proposait un café qu'elle refusait toujours : *Pas le temps. Et si je bois un café par maison, vous imaginez !*

Une fois que je traversais la pièce sans me tenir à Bobet, les mains en l'air et triomphant, la factrice s'est accroupie et m'a tendu les bras. Je suis tombé dedans en riant. Elle m'a soulevé et claqué deux gros baisers. Elle a même ajouté que j'étais mignon. Ces baisers sur mes joues ont enflammé mon père qui s'est senti embrassé par procuration et il a rougi. Là-dessus elle m'a reposé et elle a dit : *Ah oui, demain ce ne sera pas moi. Mon mari est réparé. – Votre mari ? – Oui, le facteur, c'est mon mari. Sa clavicule est*

39

réparée. Il reprend son service demain. Mon père a laissé échapper un misérable petit *ah,* un de ceux qu'on réserve aux commentaires anodins mais, l'espace d'une seconde, la déception l'a défiguré.

Comme un malheur n'arrive jamais seul, c'est ce même jour qu'il a repéré plusieurs pintades qui tournaient en rond et dodelinaient anormalement de la tête. Il en a capturé une et il a observé que ses narines coulaient, que ses ailes pendouillaient, que son œil était vitreux et qu'elle avait tendance à se tordre le cou en arrière comme si elle avait eu un torticolis. Il l'a mise dans une petite cage grillagée, a jeté la cage dans sa camionnette, m'a recommandé à Bobet, et il a foncé chez Monnot, le vétérinaire de Louveyrat.

Le gros Monnot n'a pas eu à réfléchir bien longtemps. Il a brièvement observé le volatile et il a soupiré : *Newcastle.* Mon père a dit : *Quoi, nioucasseul ? – La maladie de Newcastle, voilà ce qu'elle a, ta pintade. – C'est grave ? – Plutôt, oui. – Qu'est-ce que je dois faire ? – Tu dois séparer très vite les malades des autres et les enterrer profond. Mais tu vas en perdre beaucoup. Tu les avais pas vaccinées ? – Non, je les avais pas vaccinées.*

Putain d'anglais ! a juré mon père et il s'est mis à creuser derrière la maison la terre dure de décembre pour enterrer ses pintades. Il a perdu plus de la moitié de sa basse-cour à cause de nioucasseul et, la veille de Noël, je pense qu'il a eu un coup au moral. Il a peut-être suffi que je l'aie empêché de dormir plusieurs nuits à cause des dents, ou bien que le facteur réparé lui ait apporté la facture de trop, il s'est dit : *J'y arrive pas.* Alors il a rassemblé mes affaires dans un sac, il m'a habillé chaudement, il a chargé mon lit-train dans la camionnette et il est parti. Après trois ou quatre kilomètres il a fait demi-tour et sifflé Bobet : *Tu viens aussi, toi, faut pas vous séparer, vous deux.*

Ses parents habitaient une autre ferme, entre chez nous et Louveyrat. Elle ressemblait à la nôtre, les poulaillers en moins. Ma grand-mère avait à peine la soixantaine, mais à l'époque c'était déjà vieux. Sur les rares photos, elle est habillée de noir et on lui donnerait au moins soixante-quinze ans. Elle n'était pas en état de me garder à plein temps, en revanche elle avait dit à son fils, une seule fois, pas trop fort, presque à regret, que si parfois il était vraiment vraiment trop coincé, alors peut-être qu'elle pourrait le dépanner quelques jours. Il s'en est souvenu. Il nous a déposés chez eux, Bobet et moi. Elle a prétendu ne pas se rappeler sa promesse : *Non, non je ne m'entends pas te dire ça, Jacques.* Mon grand-père est venu à notre secours : *Si, tu l'as dit, Germaine, je m'en souviens. Je suis peut-être con, mais j'ai de la mémoire.*

Alors mon père leur a expliqué mon mode d'emploi : les biberons, les bouillies, les langes, les dents, tout ça. Elle me regardait de loin, l'air renfrogné. Ma grand-mère avait l'instinct maternel d'une râpe à fromage. Mon grand-père, lui, avait davantage d'humanité, mais puisqu'il le reconnaissait lui-même, j'oserai le dire, sans aucune méchanceté, et j'y mettrai même une touche de tendresse avec le recul : oui, il était un peu con.

Mon père a frictionné la tête de Bobet, il m'a embrassé sur le front et il nous a dit : *Je reviendrai vous chercher quand ça ira mieux.* Et il est parti.

Trois heures. Il a tenu trois heures montre en main, mon père, cette veille de Noël 1953, sans Bobet ni moi, avec ses pintades mortes et les factures empilées sur la toile cirée de la table. Il s'est préparé une soupe avec un poireau, une pomme de terre et un morceau de lard. Il l'a regardée cuire, il s'est attablé pour la manger, mais il est resté une minute sans y toucher, la cuillère suspendue en l'air, dans le silence, avant de dire à voix haute : *Qu'est-ce que j'ai fait, là ?* Il a tout laissé en plan et dix minutes plus tard il était de retour chez ses parents. Ils m'avaient mis dans la chambre sur l'arrière, celle de Jacques autrefois. Il y faisait un froid de canard. Il a dit : *Excusez-moi, c'était une mauvaise idée. Je le reprends.* Mon grand-père a protesté : *Mais non, on va le garder, ce petiot. On sait pas si c'est le tien ou celui de ton frère, mais on...* Ma grand-mère l'a stoppé d'un coup de pied dans le tibia : *Tais-toi, japette !* Et c'est elle qui a aidé à charger le lit et tout le barda dans la camionnette, y mettant un entrain qui donnait la mesure de son soulagement. Pour le voyage retour, on était tous les trois devant : mon père au volant, moi à côté, calé dans un carton entre le levier de vitesses et le siège, Bobet le museau à la vitre entrouverte. Mon père riait tout seul. Il a même chanté : *Le p'tit renne au nez rouge-eu, rouge-eu comme un lumignon-on !* Très faux.

Surprise en arrivant dans la cour : une personne se tenait debout devant notre porte, avec quelque chose de volumineux sous le bras. En faisant sa manœuvre, mon père l'a mieux éclairée avec la lumière jaune de ses phares, et il a vu que c'était notre factrice. Elle était en civil, cette fois, sans l'uniforme ni l'affreuse casquette, et elle y gagnait. *C'est pour les calendriers,* elle a dit. On ne venait jamais chez nous pour les calendriers des PTT, d'ordinaire. Trop loin. Mon père l'a fait entrer. *Vous êtes venue à pied jusqu'ici ?* *– Oui, à pied.* Il a choisi le premier de la pile : les indémodables trois petits chats dans leur panier. *Vous ne voulez pas voir les autres ? – Non, merci, j'adore les photos de chats dans leur panier.* Elle a ri et c'était la première fois depuis un siècle qu'un rire féminin résonnait dans cette pièce. Le couvercle relevé du fourneau en a vibré ; la cuillère sur la table en a tressauté ; quelques toiles d'araignée s'en sont détachées des poutres du plafond. Mon père lui a donné un billet. *Pas à demain, alors ? – Non, pas à demain, à moins que le facteur retombe de son vélo. – Votre mari ?* Elle a encore éclaté de rire. J'en ai fait de même dans mon lit-train, par imitation. Bobet a jappé. Le tiroir du buffet, bloqué depuis trois mois, s'est décoincé. *Mon mari ? Mais c'est pas mon mari ! – Pourtant vous m'avez dit... – Oui, c'était juste pour voir la tête que vous feriez. J'ai pas regretté !* Mon père est devenu rouge comme une crête de pintade. Elle a ajouté, plus sérieuse : *Ce type-là, mon mari, oh non !* Et ça voulait dire, lui, non, mais un type comme vous, oui, pourquoi pas.

Elle a accepté le café refusé précédemment quatorze fois, et quand ils se sont quittés, ils étaient l'un et l'autre tellement troublés qu'elle a emporté avec elle le calendrier qu'elle venait de nous vendre. Elle s'appelait Suzanne, elle avait vingt-cinq ans, comme mon père, et une poitrine généreuse. Dommage pour moi, sur ce dernier point, qu'elle ne soit pas arrivée dans la maison dix-huit mois plus tôt, j'en aurais profité autant que lui.

5

LE FANTÔME DISCRET.
LES PLIS DE VAILLANCE.
QUITTE.

Je ne sais pas quel ami mon père a choisi comme témoin lors de son mariage avec Suzanne, il faudra que je le lui demande à l'occasion, mais dans tous les cas celui-ci n'aura eu de fonction qu'administrative. Le vrai témoin, ce fut ma maman Jeanne bien sûr. Car peut-on se marier, perdre sa femme aimée au moment où elle vous donne un fils, se remarier deux ans plus tard seulement et faire, le jour de la cérémonie, comme si elle n'avait jamais existé ? Nul doute qu'elle lui aurait donné sa bénédiction, mais de là à se laisser oublier si vite...

J'imagine volontiers que le cortège qui se rendit à pied de notre ferme jusqu'à la mairie du village a été escorté par elle, par son évanescent petit fantôme. Elle aura suivi la procession tantôt en contrebas, tantôt sur le talus en surplomb, silencieuse et bienveillante. Les mariés, d'accord là-dessus, l'auront sans doute secrètement conviée à la condition qu'elle soit plus que discrète : invisible. Elle aura assisté à tout : à la messe depuis le banc du fond de l'église, aux échanges de consentements près de la porte entrouverte de la salle de la mairie, au banquet. Elle aura été de la fête, tantôt à l'écart et mélancolique, tantôt se mêlant aux danses et aux jeux. Et elle aura attendu que les deux mariés regagnent leur chez-eux, à la nuit tombée, pour regagner elle-même son chez-elle, le cimetière de la ville voisine et la modeste tombe sur laquelle il est inscrit : *Jeanne Benoit née Roche 1933-1952.*

J'ai deux mères, donc : l'une est une image éthérée, une sorte de Sainte Vierge coquine qui m'a porté et mis au monde ; l'autre est consistante, débordante d'humanité, terriblement réelle. Je trouve que les deux constituent un bel attelage à ma charrette.

La photo qui immortalise le souvenir de cette belle journée est bien plus gaie que celle du mariage précédent. Suzanne est radieuse, comme toujours ou presque, et très moderne avec sa robe blanche et son diadème. Mon père a rasé sa moustache, mais il porte le même costume que deux ans plus tôt, avec cette différence qu'il a l'air moins gauche dedans. Je porte une culotte courte bouffante avec des bretelles et je suis dans les bras de mon grand-père un peu con qui affiche un franc sourire. Tout le monde sourit, d'ailleurs, sauf ma grand-mère qui a l'air de dire : *Vous trouvez ça drôle ? On va m'y traîner encore combien de fois au mariage de mon fils ?* Pas de Marcel sur la photo. Ni de fantôme.

Aussitôt entrée dans la tanière d'ours qu'était devenu au fil des mois notre logement, Suzanne a apporté des changements notables. Elle a mis des rideaux à dentelles aux fenêtres ; placé un paravent pliable entre ce qu'on nommerait aujourd'hui l'espace cuisine et le salon, c'est-à-dire entre le fourneau et la table ; décroché de leur clou et fait disparaître dans un tiroir les trois chatons du calendrier des PTT qu'elle nous avait elle-même vendu ; remplacé la vaisselle et la nappe ; équipé d'un abat-jour l'ampoule du plafond. Nous possédions déjà un gros récepteur de radio Ducretet-Thompson qui trônait sur son étagère mais que nous écoutions peu. Elle y a ajouté son tourne-disque Schneider qui fonctionnait pendant des heures chaque jour. Elle possédait plus de cinquante 45 et 33 tours et sa préférence allait aux opéras et aux opérettes, en particulier à *La Vie parisienne* et *La Belle Hélène* d'Offenbach dont elle reprenait inlassablement les airs. *Ces rois remplis de vaillance-plis de vaillance-plis de vaillance*, chantait-elle avec entrain, et je me suis demandé jusqu'à l'âge adulte comment la vaillance pouvait marquer un corps au point de lui faire des plis.

Si j'ai appris à marcher grâce à Bobet, qui m'a servi de déambulateur vivant, d'abord à l'intérieur de la maison, puis dans la cour, au ravissement des témoins attendris par ce petit enfant accroché à un gros chien docile, j'ai appris à parler grâce à ma maman Suzanne. Elle était bavarde mais scrupuleuse sur le bon usage du français. Son mari Jacques a reçu des tapes sur les fesses et sur les bras aussi longtemps qu'il a dit *sortir dehors*, *monter en haut* ou *tomber sa fourchette*. Elle le corrigeait aussi sur toutes les fautes venues de notre patois, comme : *Je*

suis été à Louveyrat. Il lui disait avec admiration :
Tu aurais pu faire institutrice ! Et en ce temps-là ce
n'était pas un mince compliment. Il avait sans doute
raison puisqu'en arrivant à l'école communale, à l'âge
de cinq ans, je parlais mieux que mes camarades et je
savais réciter par cœur douze fables de La Fontaine,
dont *Le Loup et le Chien* que j'étais capable de dire
à vitesse supersonique. Je finissais avec le tour de la
bouche blanchi de mousse, ayant repris ma respiration
deux fois seulement, la première après *vos pareils y
sont misérables* et la seconde après *il vit le col du
chien pelé*.

Le poste de radio pesait plus de six kilos. Il possédait un coffre de bois vernis, deux gros boutons créne-
lés, celui de gauche pour le volume et celui de droite
pour le choix des stations, et une grille dorée derrière
laquelle on pouvait lire BBC… Lisbonne… Moscou…
Suisse… Ma mère écoutait Radio Luxembourg et en
particulier le jeu radiophonique « Quitte ou double »,
à 20 h 30. Mon père a vite compris qu'elle était rude-
ment calée. Quand le candidat choisissait la spécialité
lyrique, ce qui était fréquent, elle répondait toujours
au moins jusqu'à la sixième question, parfois même
jusqu'à la huitième. Elles étaient de plus en plus difficiles, les questions. On débutait à 250 francs, mais
on doublait son gain à chaque bonne réponse et dès
la sixième on atteignait 8 000 francs, ce qui pour
nous représentait un joli pactole. *Si tu y allais*, disait
mon père, *il faudrait que tu t'arrêtes à la sixième*.
Parce qu'en cas de mauvaise réponse on perdait tout,
bien sûr. L'abbé Pierre avait gagné 256 000 francs

à ce jeu en répondant à onze questions. Nous n'en demandions pas tant.

L'extraordinaire, c'est qu'elle y est allée, à « Quitte ou double », Suzanne ! Elle a passé victorieusement les sélections requises et, le jour venu, mon père l'a conduite à la gare de Louveyrat d'où elle a pris la micheline pour Clermont-Ferrand. Là-bas elle logerait chez sa cousine. La veille, incapables de s'endormir, ils en avaient parlé jusque tard dans la nuit : *Après la sixième, promets-le-moi ! – Je te le promets ! – Oui, tu dis ça, mais ils vont te pousser à aller plus loin, et même s'ils ne le font pas, tu peux très bien, toute seule, dans l'euphorie,* non mon père n'aurait pas employé ce mot, *tu peux très bien, toute seule, dans l'ambiance... – Non, je te dis que non, j'arrêterai !* Sur le quai, et tandis que le train s'éloignait, il lui a encore crié : *Après la sixième, hein !* Elle a fait de la tête un *oui* agacé. Nous n'avons eu de nouvelles d'elle que le lendemain soir, quand l'animateur Zappy Max a annoncé à l'antenne : *Dans la catégorie lyrique, la charmante candidate Suzanne Benoit, vingt-huit ans, qui nous vient de... ? – Louveyrat !* a répondu ma mère, *et j'embrasse bien fort mon mari Jacques et mon fils Silvère.* Les yeux de mon père brillaient, il a dit qu'on sentait bien que c'était elle, mais qu'on reconnaissait à peine sa voix à la radio. Réunies chez nous autour du poste, il y avait huit personnes : mes deux grands-parents que mon père était allé chercher spécialement, nos voisins agriculteurs et leur fille qui s'étaient tous les trois habillés comme un dimanche, une collègue de ma mère, employée des PTT, mon père et moi. Plus le chien Bobet.

Au moins je vous rapporterai du shampoing ! avait

49

annoncé ma mère en partant, parce que le jeu était patronné par Dop (qui conseillait aux Français de se laver les cheveux une fois par semaine). Elle a répondu sans difficulté aux deux premières questions, un simple échauffement pour elle, mais elle nous a fait une sacrée chaleur sur la troisième qui était : Dans quelle ville naquit le célèbre ténor Enrico Caruso ? Elle est restée longtemps muette, flairant sans doute un piège, tandis que les secondes s'égrenaient, puis elle a proposé au petit bonheur la chance : *Milan... Rome... Turin... Gènes... – Non... non... non...* ne pouvait que répondre Zappy Max, désolé. Mon père a secoué la tête, dépité : *Ça fait rien elle aura essayé, mais c'est quand même ballot, à la maison elle répond à tout...* Le gong final résonnait déjà quand elle a murmuré *Naples ?* sur un ton tout à la fois interrogatif et misérable. *Comment avez-vous dit ?* a demandé Zappy Max. *J'ai dit Naples !* a répété ma mère, plus assurée. *Vous avez dit Naples, Suzanne*, a commencé Zappy Max d'une voix affligée, puis il a brusquement claironné : *Et vous avez bien fait car la réponse est Naples !* M. Tiroir a annoncé 1 000 francs sous les applaudissements du public. Le boulet était passé près. La quatrième question ne lui a pas posé de problème. La cinquième était : Comment s'appelle le page du comte Almaviva dans *Les Noces de Figaro* ? Pour mon père, c'était pire que du chinois. Il a juste grogné *oh nom de Dieu !*, certain qu'elle ne saurait pas répondre, et comme Bobet gémissait il lui a donné un coup de casquette sur le museau. Mais elle n'a pas fléchi : *C'est Chérubin !* Elle a même ajouté que la fiancée de Figaro s'appelait Suzanne, comme elle. *4 000 francs !* a annoncé M. Tiroir. Zappy Max a fait remarquer qu'elle savait répondre même aux questions qu'on ne lui posait pas et il a demandé une fois de plus : *Quitte ou double ?* Mon père a murmuré : *Allez, Suzanne, encore une !* Il y a eu un silence, au bout duquel, à notre immense stupéfaction, elle a dit : *Quitte.* Avant même la sixième question ! Zappy Max l'a félicitée pour sa prudence et l'a fait applaudir une fois de plus par le public. Il a répété qu'elle avait été une candidate particulièrement sympathique et qu'il n'oublierait pas son sourire. Mon père en a pleuré d'émotion. *Tu as bien fait, Suzanne*, gargouillait-il, *tu as bien fait.* La collègue des PTT a pleuré aussi, ainsi que nos deux voisins agriculteurs et leur fille. Seule ma grand-mère est restée sèche. Mon grand-père, voyant que tout le monde se mouchait et s'essuyait les yeux, demandait autour de lui : *Elle a perdu ? Elle a perdu ?*

À son retour, ma mère a brandi un grand sac en papier rempli de berlingots jaunes en plastique. Nous nous sommes lavé les cheveux une fois par semaine jusqu'en 1958 sur cette seule réserve. Les 4 000 francs ont vite été mangés, d'autant plus qu'il avait fallu financer le voyage à Clermont, le cadeau à la cousine et la robe cintrée à pois que ma mère s'était fait coudre pour l'occasion, dépense d'ailleurs inutile puisqu'il faisait un froid de canard sous le chapiteau et qu'elle avait gardé pendant toute l'émission son manteau sur le dos et son fichu sur la tête. C'est ainsi qu'elle apparaît sur la photo : debout sur la scène, derrière le micro sur pied qu'elle partage avec l'animateur. En fond, il y a un rideau clair sur lequel on peut lire : *Quitte ou double.* DOP. Elle est sage comme une image, les mains croisées devant elle, mais on imagine le tumulte dans sa tête. Cette photo m'a suivi dans tous mes déménagements et elle est encore aujourd'hui dans le tiroir de mon bureau. À propos de cette fameuse sixième question, elle a expliqué qu'au moment de dire *double* comme prévu, elle avait eu l'intuition qu'elle ne saurait pas répondre. Elle s'est vue revenir chez nous vaincue, sans gain, et pire : ayant dépensé de l'argent. *Tu as bien fait, Suzanne*, a répété mon père. Il avait beaucoup d'admiration pour elle, pour son érudition, pour sa joie de vivre, et pour ses formes rebondies.

Après l'émission, elle avait obtenu de Zappy Max qu'il lui révèle cette fameuse sixième question. Il avait d'abord prétendu qu'il ne le faisait jamais, par principe, car cela pouvait donner trop de regrets aux candidats, mais devant l'insistance de ma mère et surtout subjugué par son sourire, il avait fondu et exceptionnellement cédé. *Et alors*, l'a interrogée mon père, *tu aurais su répondre ?* Elle a éclaté de rire, comme chaque fois qu'elle était dans une situation embarrassante. *Ne me le demande plus, je ne te le dirai jamais, ni à toi, ni à personne.* De l'avis général, ça signifiait clairement qu'elle aurait su répondre, et qu'elle était honteuse de n'avoir pas respecté le plan initial, ce qui nous avait coûté 4 000 francs. J'ai attendu trente-trois ans avant de connaître la vérité.

6

L'ORTEIL.
LA SOUPE DE POIREAUX.

L'arrivée de Suzanne dans notre maison a bénéficié à tout le monde. Les pintades elles-mêmes s'en trouvèrent requinquées et elles cacabèrent de plus belle. Il faut savoir qu'un élevage de pintades est très bruyant. Cette bête possède un cri éraillé qui laisse penser qu'on l'étrangle alors que personne ne l'étrangle. Et lorsqu'elles s'y mettent à six cent cinquante à la fois, c'est très spectaculaire. *Du plus loin que je me souvienne*, dit le poète, *j'ai entendu la mer*. Moi, du plus loin que je me souvienne, j'ai entendu des pintades. C'est le bruit de fond de mon enfance, avec les airs d'opérette sur l'électrophone de ma mère et les aboiements de Bobet.

Quand ma sœur Rosine est née, j'avais trois ans et il n'y a eu ni incendie, ni porte qui claque, ni de maman qui meurt. Rosine est devenue une personne qui se consacre aux autres. Elle a commencé avec les animaux qu'il fallait sauver : les hannetons, les moineaux, les vers de terre, les lézards, et elle a poursuivi avec les êtres humains en devenant infirmière à la clinique de Louveyrat puis au CHU de la région. Petite, elle m'admirait beaucoup et elle a continué à m'admirer adulte, même lorsqu'il y avait moins de raisons à cela, par habitude sans doute.

Je suis allé pendant deux ans à l'école communale de notre village avant qu'elle m'y rejoigne. J'aimerais pouvoir dire que Bobet me suivait chaque matin, moi son petit maître, jusqu'au portail et m'y attendait fidèlement à l'heure de la sortie. Mais non, il avait seulement le droit de m'accompagner jusqu'au croisement de notre chemin et de la départementale. De là, assis et gémissant, il me regardait partir, puis, quand j'avais disparu, il regagnait sa niche devant laquelle il se couchait, résigné. En revanche quelle euphorie quand je rentrais le soir ! Il me renversait, me léchait, partait en des sprints fous, revenait, aboyait sa joie. Il lui fallait de longues minutes avant de retrouver son état normal.

Je me rendais à l'école avec d'autres enfants des environs, les plus grands protégeant les plus petits. Dans les moyens, il y avait déjà la Paule, qui disait *oh là là* quand un tracteur nous croisait, *oh là là* quand l'un de nous lui montrait une rainette dans le fossé et *oh là là* quand il ne se passait rien. Elle a été la dernière écolière à porter des sabots dans notre école.

Il y avait un garçon bègue et à lunettes, Herrier, qui nous expliquait le big-bang avec des poignées de poussière jetées en l'air et le système solaire avec des crottes de chèvres de différentes tailles : *Mé... mé... mettons que celle-ci, c'est Sa... Sa... Saturne.* Il est devenu un grand ingénieur chez Citroën. Dans un tout petit périmètre autour de chez nous ont grandi deux futurs ministres, un préfet de région et une journaliste célèbre. Les autres étaient semi-débiles. C'est étrange, ce tout ou rien dans ce coin oublié du monde. On passait directement de l'idiot du village au surdoué. Nous étions les seuls dans la moyenne, je crois, ma sœur Rosine et moi.

Il y avait surtout Robert. *Avec Robert ils ne risquent rien*, disaient nos parents. En effet. Il nous aurait défendus à mains nues contre des ours, contre la horde d'Attila. À douze ans il en faisait seize. Il muait et la moustache lui poussait dru. Nous ne risquions rien et en plus il enrichissait notre vocabulaire. J'entends encore ses tonitruants : *Ils l'ont dans le cul, et profond !* Ou bien : *Tu m'suces, Paule ?* Ou bien ses chansons à thème du genre : *En revenant de Nantes.* Tout cela avec les gestes à l'appui, pour se faire bien comprendre. La légende voulait qu'à la suite d'une morsure de vipère il se soit sectionné lui-même un orteil, au couteau, pour stopper le venin, mais il ne voulait jamais nous montrer sa blessure, jusqu'à ce jour où, sans qu'on le lui demande, il a braillé à la cantonade : *Qui c'est qui veut voir mon pied ?* Pourquoi s'était-il décidé ce jour-là précisément, je l'ignore. En quelques secondes nous étions dix autour de lui, retenant notre souffle. Il s'est assis sur une pierre et a quitté sa chaussure droite. La Paule a dit *oh là là !* alors qu'on n'avait encore rien vu. Puis il a saisi le haut de sa chaussette, *toujours d'accord, les filles ?*, et il l'a descendue lentement. Il ne lui manquait pas un orteil mais deux ! Les deux plus petits. Et le pied était sale.

Je dois à Robert de m'avoir appris la mort de mon grand-père avec une délicatesse bien personnelle. On

m'avait éloigné de chez nous, où le vieil homme ago-
nisait, et placé pour la journée chez le menuisier du
village, un ami de mon père. Je le regardais raboter
une pièce de bois. Les copeaux blonds et torsadés
roulaient au sol, dans le calme de l'atelier. J'étais
désœuvré et vaguement triste. Alors la porte à petits
carreaux vitrés s'est ouverte, la grosse tête de Robert
est apparue et il m'a lancé : *Y a ton grand-père qu'est
mort !*

Mes parents avaient recueilli chez nous le vieil
homme pour ses derniers mois parce qu'ils soupçon-
naient sa femme de l'affamer, par avarice. Il ne pesait
guère plus de quarante kilos en arrivant à la maison. Il
y avait sa maladie, bien sûr, mais ça n'expliquait pas
tout. *Y a rien qui descend*, prétendait la mégère, mais
chez nous il s'est comme par miracle mis à engloutir
de bon cœur la viande, les légumes et le fromage, et
il sifflait son litre de vin rouge quotidien. Un jour,
Suzanne lui a demandé : *Elle vous donnait des bonnes
choses à manger, votre épouse ? – Oh oui, des soupes
de poireaux ! – Et autre chose ? – Non, que ça, mais il
faut pas que je le dise.* La garce ! Ça ne lui avait pas
enlevé sa joie de vivre, à mon grand-père. Il a repris
quinze kilos en trois mois avant de les reperdre un par
un et de mourir comme un sac d'os, mais confiant et
optimiste. Le matin de sa mort, il a demandé à me
voir. Je suis monté avec mon père dans la chambrette
où il était alité, à l'étage, et j'ai vu deux grands yeux
hagards dans un visage squelettique, et sa tête chauve
sur l'oreiller de plumes. Il m'a fait signe d'approcher,
m'a pris le bout des doigts dans sa main blanche de
malade et m'a souri. *Dis au revoir à ton pépé*, m'a

soufflé mon père. J'ai dit *au revoir pépé*, et nous sommes redescendus.

Dans les couples, c'est toujours le bon qui part le premier. Ma grand-mère lui a survécu trente et un ans, imputrescible, tel le cornichon dans son vinaigre.

Parfois mon père faisait la tête, et si je demandais à ma mère pourquoi il était en colère, elle me répondait : *C'est rien, c'est ton oncle qui a fait une bêtise.* Les deux frères ne se battaient plus depuis quelque temps, mais c'était juste parce qu'ils n'avaient plus l'occasion de se rencontrer, sinon je crois qu'ils auraient volontiers continué à se voler dans les plumes. Marcel n'était jamais devenu assureur, et on ne savait pas trop de quoi il vivait. La bêtise, c'était qu'il avait engrossé une fille, ou séduit une femme mariée, ou provoqué un accident de moto, ou déclenché une bagarre en ville. En 1959 il est parti comme soldat en Algérie. Il a dû trouver là-bas un terrain de jeu à sa mesure et Dieu sait à quels exploits douteux il a bien pu se livrer. Le fait est qu'il n'est pas revenu. Les informations sur ses derniers jours sont contradictoires, mais toutes s'accordent sur un point : il a été capturé par les fellagas puis exécuté.

Il a cessé aussitôt d'être *l'oncle Marcel* pour devenir *ce pauvre Marcel*, appellation presque toujours associée à la remarque qu'*il n'avait quand même pas mérité ça*.

Deux morts donc pendant ces années-là, mais que pouvaient ces morts contre l'insouciance de mes huit ans ? J'avais près de moi mon papa Jacques, ma maman Suzanne, ma sœur Rosine et mon chien Bobet, quatuor magique et adoré. Dans le cercle suivant figuraient mes amis du chemin de l'école. Au-delà de cet univers qui était le mien, on pouvait bien mourir et s'étriper, même atrocement, je ne m'en souciais guère.

J'ai atteint, bercé d'innocence, mes onze ans, âge auquel on m'a envoyé en classe de sixième à l'internat de Louveyrat. J'ai découvert là, avec stupeur et consternation, que des grandes personnes pouvaient être cruelles et stupides.

Ni Robert, ni la Paule ne m'ont accompagné, dirigés vers une école mieux adaptée à leurs profils atypiques.

7

JEAN. LE MUR.
LES FRITES. LA DAUPHINE.

Je n'en reviens toujours pas de l'incroyable galerie de tordus, de pervers et de sadiques que comptait le personnel de cet internat. À croire qu'on les avait regroupés là après une sélection impitoyable dont seuls les meilleurs, c'est-à-dire les pires, se seraient extirpés.

Le plus détestable était Mazin, le surveillant général, auquel le quart de ses méfaits aurait dû valoir trente-cinq ans de prison, si justice avait été faite.

J'ai survécu dans ce lieu grâce à la perspective de rentrer chez moi chaque samedi après-midi. Cela me permettait de ne jamais désespérer tout à fait, tant que je distinguais toujours à l'horizon de ma semaine le rire de ma sœur, la jubilation de Bobet et la chaleur de notre maison.

J'ai survécu aussi grâce à la conscience que j'avais d'être admis dans un prodigieux théâtre, plein de bruits et de fureur, d'injustices et de vengeances, de révoltes et de soumissions.

J'ai survécu enfin et surtout grâce à la présence à mes côtés de ce garçon nommé Jean Monteilhet.

Il est le premier à qui j'ai adressé la parole ce dimanche soir de septembre où mon père m'a laissé, désemparé, dans la cour de l'internat. Je cherchais autour de moi un visage familier, quelqu'un du village peut-être, et n'en trouvant aucun, je me suis senti misérable et abandonné. Jean était assis sur les marches de l'étude, avec le col de sa blouse relevé, déjà. Il m'a semblé qu'il avait à peu près mon âge et qu'il était aussi seul que moi, alors je me suis approché et nous avons échangé le puissant dialogue que voici : *Salut. – Salut. – Tu es en sixième ? – Oui, et toi ? – Moi aussi. – D'accord. – Comment tu t'appelles ? – Jean. Et toi ? – Silvère. – D'accord.* Il s'est ensuite déplacé d'une trentaine de centimètres, il a poussé ses fesses comme on dit, afin que je puisse m'asseoir à côté de lui sur la pierre de l'escalier. Cela nous a pris quelques secondes seulement et nous l'avons fait dans l'innocence, mais ces deux mouvements complémentaires – le sien pour me ménager un espace près de lui, et le mien pour y prendre ma place – constituaient bien l'acte fondateur de notre amitié. Nous nous sommes reconnus. Il était à ma convenance et j'étais à la sienne. Nous l'avons su au bout de quelques jours seulement, et dès le samedi, à ma mère s'inquiétant de savoir si je m'étais déjà fait des amis, j'ai pu répondre que oui j'en avais un. *Comment s'appelle-t-il ? – Il s'appelle Jean.* J'étais tombé ami comme on tombe amoureux. Après cela je n'ai plus jamais été seul dans ma vie et cinquante ans plus tard, c'est ce même Jean que j'attends, accoudé à une barrière métallique, sur l'embarcadère du port d'Ouessant, en cet après-midi d'octobre.

Son col relevé lui a valu les pires ennuis, mais il n'a jamais cédé. Notre blouse était en toile, longue, grise, obligatoire et laide. *Baisse ton col*, lui ordonnaient les surveillants, les professeurs, le proviseur, tout le monde. Il le tripotait un peu, comme pour le remettre, mais il ne le faisait pas vraiment et après quelques minutes le col était comme avant, relevé. Plus tard il m'a confié que s'il relevait toujours son col, ce n'était pas pour provoquer, mais seulement parce qu'il trouvait son cou trop long. En réalité c'est tout le haut de sa personne qui était trop long : le cou, le nez, le menton. Il faisait penser à un oiseau, mais à un oiseau qui aurait eu le regard doux.

Un jour, Mazin nous a convoqués tous les deux dans son bureau, et je crois que c'est un des souvenirs les plus terrifiants de ma vie. Nous avons marché tous les deux, Jean Monteilhet, 6e 4, et Silvère Benoit, 6e 4, aussi, dans le couloir de la mort. *Qu'est-ce qu'il nous veut ? – Je sais pas.* Ces mètres parcourus dans l'angoisse, côte à côte, nous ont soudés comme le baptême du feu soude des soldats. De ce jour, il était dit qu'entre nous ce serait inconditionnel, à la vie à la mort, et ça l'a été.

Mazin, c'était un long truc maigre et méchant avec des mains pleines d'os, la mâchoire en avant et la bouche mauvaise, toujours à chercher un élève à battre ou à tourmenter. J'ai frappé à la porte. Il nous a miaulé d'entrer. Il était assis à son bureau, le nez sur un grand registre de notes, celui de notre classe, nous l'avons vite compris, et il tenait une règle plate à la main. Il nous a dit d'approcher, sans nous regarder. Ce qu'il nous voulait, c'était la chose la plus imprévisible du monde, la plus bête. Il nous a demandé, lèvres serrées : *Lequel des deux copie sur l'autre ?* Nous sommes restés muets, bien sûr. Alors il a placé la règle en haut de la page et lu : *Histoire, Benoit 14.* Puis il a fait coulisser la règle jusqu'au milieu et lu : *Monteilhet 14.* Il a levé la tête et écarté les mains pour nous signifier qu'il n'y avait jusque-là rien d'anormal. Mais il a recommencé son petit jeu. *Mathématiques, Benoit 11.* Glissement de la règle. *Monteilhet 11. Sciences naturelles, Benoit 15.* Glissement de la règle. *Monteilhet 15. Tiens tiens.* Le pire est qu'il nous aurait presque fait douter. C'est irrationnel, comme dans le train quand le contrôleur arrive ou comme à la douane, on a beau être irréprochable, on se demande : et si je n'étais pas en règle… *Composition française, Benoit 16. Monteilhet... 16.* Cet idiot était le seul au monde à ignorer qu'il est impossible de copier en rédaction. Il s'est levé, a fait le tour de son bureau, s'est planté devant nous : *Lequel des deux copie sur l'autre ?* Puis à Jean : *Baisse ton col !* Jean n'a pas dit non, ni de la voix, ni de la tête. Il n'a même pas daigné faire semblant de s'arranger. Il n'a simplement rien fait. Alors la gifle l'a cinglé. Moi j'ai eu le temps de mettre mon bras en protection et le coup m'a presque renversé. Je n'avais jamais reçu de gifle à la maison et j'ai été stupéfait qu'on puisse me battre. Il aurait fallu que Bobet soit là en cet instant. Il aurait bondi à la carotide de Mazin et ne l'aurait lâché que mort. La ménagère serait venue avec un seau et une serpillière pour éponger le sang (à l'eau froide, comme vous le diront tous les assassins sérieux, sinon ça poisse).

Un soir, pendant l'étude, Jean m'a fait passer un papier plié en quatre, avec ces mots griffonnés dessus : *Si je fais le mur, tu me suis ?* C'était bien dans sa manière. On nous avait séparés pour bavardage et il était assis à quelques tables derrière moi. Je lui ai répondu par retour du courrier et par un triple point d'interrogation. Faire le mur était le domaine réservé des grands de première ou de terminale et jamais on n'avait vu des petits s'y risquer. D'autre part, et même pour ces grands, il s'agissait là du délit suprême, associé à de troubles sous-entendus. S'ils s'évadaient, c'était forcément pour retrouver dehors des filles, des femmes. Bref cela sentait le soufre et nous n'étions pas concernés. Le papier m'est revenu avec la même question, agrémentée d'un : *Dernière chance : oui ou non ?* J'ai déchiré le papier et je n'ai pas répondu. Mais j'ai vécu les jours suivants dans la peur qu'il propose la même chose à quelqu'un d'autre que moi, quelqu'un qui répondrait oui. Je lui ai demandé : *C'est quoi cette connerie de faire le mur ?* Il m'a dit : *C'est pas une connerie. Et c'est pas pour quelque chose de mal. – Tu peux m'en dire plus ? – Non, le mystère fait partie de l'aventure. Je peux juste te dire que si tu viens, tu t'en souviendras toute ta vie. – C'est pour quand ? – Mardi. La nuit de mardi à mercredi. Tu as quatre jours pour te décider. – Sinon tu pars avec un autre ? – Non. C'est avec toi ou seul.*

Allez résister à ça ! Sur un plateau de la balance : l'angoisse liée à notre entreprise, l'implacable et terrible punition au cas où nous serions pris, l'exclusion temporaire ou définitive de l'internat, la stupeur et l'incompréhension de mes parents. Sur l'autre plateau, seule mais l'écrasant de son poids, cette question qui contenait en elle-même et par avance sa réponse : est-ce que j'ai du courage ou est-ce que je n'en ai pas ? Et cela m'engageait bien au-delà de cet épisode. L'enjeu était grandiose : est-ce ce que je serai à l'avenir de ceux qui osent ou de ceux qui se dégonflent ? Est-ce que je ferai quelque chose de ma vie ou est-ce que je n'en ferai rien ?

J'y ai réfléchi tout le dimanche, sans pouvoir m'adresser à personne d'autre qu'à mon chien, à qui j'ai demandé ce qu'il ferait à ma place et dont les yeux m'ont répondu : *Moi, je pars si tu pars et je reste si tu restes. Mais si tu restes et me dis de partir, je pars. Si tu pars et me dis de rester, je reste et je t'attends. Je t'obéis. Je suis ton chien.* Merci, Bobet. Bien avancé.

Dès le lundi, j'ai fait passer un papier à Jean : *C'est oui.* J'aurais pu le lui dire, mais il y a dans la chose écrite un engagement supérieur, me semblait-il. Il m'a répondu : *Bien. Habille-toi chaud.*

Et c'est ainsi que dans la nuit du 9 au 10 février 1965, tandis que tous les internes dormaient, deux menues silhouettes épouvantées par leur propre audace se sont glissées hors du dortoir, ont longé le mur nord-est et elles l'ont *fait*, ce mur, en l'escaladant à l'aide des poubelles adossées à lui.

Nous avons marché dans les rues désertes et glacées de Louveyrat, sans échanger un mot, puis sur la départementale, un petit kilomètre, jusqu'au parking du garage automobile Desgeorges. *C'est là*, a

dit Jean. – *C'est là, quoi ?* – *Tu verras, on attend.*
Pour attendre, on a attendu. Sans compter qu'il fallait
se cacher au coin du bâtiment à chaque rare passage de voiture. J'avais suivi les conseils de Jean
et je m'étais habillé chaud, mais le froid mordant
de février passait sous le manteau, entre les mailles
du pull-over de laine, et me transperçait les os. Jean
regardait sans cesse sa montre et pestait : *C'est pas
vrai, merde, c'est pas vrai…* Je pense qu'il a vraiment
douté pendant cette longue attente. Jusqu'à ce qu'un
énorme camion se présente avec ses phares jaunes,
au bout de la ligne droite. Jean a poussé un cri de
triomphe : *C'est lui !* Moi, je n'étais plus en état
de penser, puisque mon cerveau commençait à geler
à travers ma boîte crânienne.

Le camion était un énorme Berliet rouge et pour
monter dedans il fallait lever haut la jambe sur le
marchepied, agripper la barre métallique verticale et
se hisser en évitant de retomber en arrière dans le
vide. Le père de Jean nous a dit : *Bravo les gars !
Montez !* Il a embrassé son fils et il m'a embrassé
aussi. Nous jubilions tous les trois comme si nous
venions de réussir la jonction impossible d'une fusée
et d'un vaisseau spatial quelque part entre Saturne et
Jupiter. Le père ne ressemblait pas du tout au fils. On
se demandait même comment ce mastodonte avait pu
faire ce gringalet. C'était un colosse imberbe et jovial,
à la tête chauve et rougeaude, sans poils ni cils, au
nez fort, avec des bras puissants et des grosses mains
tachées de son. Dans la cabine, il faisait chaud, ça
sentait le cuir, la laine et le tabac. Il a dit : *Alors,
c'est toi le célèbre Silvère ?*

Comme nous n'avions pas dormi du tout, il nous

a expédiés dans la couchette, derrière lui. L'odeur de laine venait de là. Nous nous sommes glissés tout habillés sous les couvertures et en moins de trois minutes je dormais.

J'ai su à mon réveil seulement que nous allions à Bruxelles. Ma destination la plus lointaine à ce jour avait été Clermont-Ferrand, et l'idée de quitter la France m'a littéralement coupé le souffle. J'ai compris par la même occasion qu'il ne s'agissait pas seulement de faire le mur et de rentrer avant le matin. Nous étions partis pour deux jours au moins et l'aventure prenait une dimension que je ne pouvais pas imaginer. *Tu t'en souviendras toute ta vie*, avait dit Jean. Je commençais à penser qu'il avait raison.

Nous nous sommes arrêtés dans un café où nous avons bu des cacaos et mangé à volonté des tartines de beurre et de confiture. Le père de Jean a téléphoné à l'internat pour dire qu'il nous avait emmenés, qu'il nous ramènerait très vite, qu'il ne fallait pas qu'ils s'inquiètent. Jean m'a expliqué par la suite qu'il avait préféré mettre l'administration devant le fait accompli.

La phrase favorite de son père était : *Ça va, les gars, ça vous plaît ?* Et comment que ça nous plaisait ! Le camion avalait la route, le moteur tournait rond, les platanes défilaient. À cette époque il n'y avait pas un seul kilomètre d'autoroute en France. Nous avons parlé de football et la question était de savoir si l'équipe de France se qualifierait pour la coupe du monde en Angleterre. Nous avons écouté la radio aussi, je me souviens des Beatles qui hurlaient *Twist and Shout* et qui nous ont mis en transe. Jean a voulu que je raconte comment ma mère avait gagné 4 000 francs à « Quitte ou double ». J'avais entendu l'histoire si souvent que je pouvais donner l'énoncé précis de presque toutes les questions, ainsi que les réponses, et je n'ai pas manqué de faire vivre le suspense jusqu'à l'inattendu et fameux *quitte. Elle a bien fait !* a commenté le père de Jean, et comme le mien avait utilisé les mêmes mots, j'ai pensé qu'elle avait sans doute décidément bien fait. Les parents de Jean étaient séparés. Il vivait avec sa mère, mais il s'entendait bien avec les deux.

À midi nous nous sommes encore arrêtés dans un routier, du côté de Châlons-sur-Marne, et j'ai mangé du poulet avec du riz et une très bonne sauce qui inondait le tout. En dessert, de la tarte aux poires. Je me rappelle tout ce que j'ai mangé pendant ces deux journées-là. Le meilleur, c'est une assiette de frites avec de la mayonnaise, à Bruxelles. Elles étaient croustillantes et dorées, parfaites, et elles restent pour moi la référence absolue, jamais plus atteinte depuis, une sorte de modèle étalon, mais qu'on ne pourrait retrouver nulle part. Une perfection de frites, un concept.

En réalité je n'ai rien vu de Bruxelles. Nous ne sommes allés que dans sa zone industrielle. Parmi les gars qui ont déchargé le camion, il y en avait un qui n'avait pas d'oreilles, juste les trous que nous avons découverts quand il a ôté son bonnet un instant pour s'essuyer le front avec son mouchoir.

Je pourrais raconter à l'infini tous les détails de ce voyage, tant ils sont gravés à vie dans ma mémoire, mais ce serait ennuyeux : comment je me suis caché dans les cartons, à l'arrière du camion, pour passer la frontière (je n'avais pas de papiers d'identité), comment le père de Jean a dormi assis sur son siège avec sa veste pliée sous la tête pour nous laisser la place dans la couchette, comment le lendemain nous avons fait notre toilette dans les lavabos d'un café, comment nous avons bu un verre de bière à deux et comment ça m'a saoulé. Mais je ne peux pas passer sous silence cet incident, au retour, en France, quelque part avant Lyon.

Un brouillard épais était tombé et nous roulions lentement. Comme il était midi, nous nous sommes arrêtés une dernière fois pour manger quelque chose dans un routier. Dans sa manœuvre pour repartir, M. Monteilhet a reculé d'un mètre ou deux et on a entendu un épouvantable fracas de tôle enfoncée. Il a freiné à mort, juré, puis il a avancé un peu, provoquant un bruit presque aussi terrible que lors de la marche arrière. Il est descendu précipitamment, et comme nous allions le rejoindre, il a contourné le camion et nous a bloqué le passage : *C'est rien, ça va, remontez dans la cabine !* Seulement j'avais eu le temps de voir la petite Dauphine bleue complètement écrasée par notre Berliet. Son propriétaire avait eu une très mauvaise idée en la garant derrière nous, en travers et dans le brouillard en plus pour la rendre bien invisible ! Le puissant pare-chocs de notre monstre l'avait pratiquement pliée en deux dans le sens de la longueur.

Le père de Jean n'est pas allé demander dans le restaurant à qui appartenait la voiture, il n'a pas laissé de mot sur le pare-brise avec ses coordonnées. Nous sommes simplement repartis mais la tension était palpable à bord. L'image de notre héros venait d'en prendre un sacré coup. Est-ce qu'il n'avait pas de temps à perdre ? Est-ce qu'il était mal assuré ? Est-ce qu'il ne voulait pas se faire engueuler par son patron ? Tout est possible. Nous avons mis la radio pour rompre le pesant silence et par chance nous sommes tombés sur Fernand Raynaud et son sketch du plombier qui nous a bien fait rire. Chaque *qui c'e-e-est ?* sorti du gosier de Raynaud imitant le perroquet nous éloignait un peu plus du sinistre craquement et de notre forfait.

Le père de Jean nous a accompagnés à l'internat pour expliquer qu'il était seul responsable de notre fugue et qu'il ne fallait pas nous punir. Je le revois debout, face au principal adjoint, un petit homme souffreteux. L'un faisait le double de l'autre en taille et en poids. *Il ne faut pas les punir, hein ? – Écoutez, monsieur, ce sera à nous de décider si… – Non non, il ne faudra pas les punir. Je compte sur vous. Je ne serais pas content d'être obligé de revenir. – Je comprends, monsieur, mais le règlement… – Bon, je vois que vous êtes un homme raisonnable et entre personnes raisonnables, hein…* Il lui a serré la main et l'autre a dû penser qu'il s'était égaré dans un conte et qu'un géant venait de lui rendre visite. En tout cas, nous n'avons pas été punis et mes parents n'ont jamais été prévenus.

Jean et moi avons évoqué mille fois cette virée fabuleuse en Belgique, mais jamais la Dauphine écrabouillée. Je peux aborder avec lui les sujets les plus scabreux, les plus intimes, les plus déshonorants, mais cette liberté s'arrête à la Dauphine écrabouillée, parce qu'il s'agit là de l'honneur de son père. Nous l'avons d'un commun accord remisée dans la casse de nos souvenirs, avec l'espoir qu'elle y rouille et s'y désintègre, mais pour ce qui me concerne elle résiste à l'oubli et je suis convaincu qu'il en va de même pour lui.

Un lundi matin de juin 1967, dans le car qui nous emmenait à l'internat, Jean m'a annoncé sans ambages : *Ma mère a trouvé du boulot dans l'Indre-et-Loire, on déménage, je ne serai plus là à la rentrée.* Cela faisait presque quatre ans que nous venions de passer côte à côte, dans une amitié inconditionnelle bien que jamais exprimée, dans l'ignorance de cette vérité douloureuse : la vie pouvait séparer les gens.

L'été suivant, nous nous sommes vus tous les jours sans exception. Le plus souvent, j'allais chez lui à mobylette, et de là nous allions nager dans la rivière ou traîner à Louveyrat. Puis un après-midi, c'est lui qui est venu, il avait un drôle d'air. Je lui ai demandé ce qui se passait et il m'a répondu : *Je viens te dire au revoir, je m'en vais demain.* Ma mère nous a servi un goûter. Nous avons blagué, juré de nous écrire tous les jours. Nous avons fait semblant de pleurer, de tordre nos mouchoirs trempés, de nous moucher dans les rideaux. Quand le moment est venu de nous séparer pour de bon, et comme nous n'étions pas habitués à nous embrasser, nous nous sommes juste serré la main et j'ai remonté son col.

Je suis monté dans ma chambre et je suis resté longtemps assis sur le lit, ne sachant que penser. Ma mère est venue frapper, elle a passé sa tête par la porte et demandé : *Pas trop triste ?* J'ai dit : *Non, ça va, on se reverra.* Et c'est justement là que la tristesse est venue. Elle avait à peine refermé la porte que j'ai fondu en larmes. En réalité j'avais *le cœur gros sur la patate,* comme disait ma sœur Rosine quand elle était petite. Elle avait l'art de croiser les expressions ou les mots composés, et parlait ainsi de *bernard-luisants,* mélange de bernard-l'ermite et de vers luisants, ainsi que de *bonbons d'orge.*

8

LE TRI DES POMMES.
DES LETTRES. HAMLET.

Avant d'aller plus loin, il faut que j'évoque la Paule, la grange et ce qui fut l'adieu à mon enfance. Il y aura là peu de poésie, disons-le tout cru. Quoique…

La Paule avait mon âge mais elle faisait plus, à cause de sa corpulence et de sa maturité. En revanche, notre instituteur n'avait jamais réussi à lui faire entrer dans la tête qu'en bon français, une échelle n'était pas *purée* contre un mur, mais appuyée. Il devait lui sembler qu'appuyée, ça ne tiendrait jamais, qu'on tomberait en montant dessus, non, il fallait qu'elle soit *purée* du verbe *purer* qui signifie appuyer, mais en plus solide. Et si le maître insistait, la Paule se mettait à pleurer de désespoir et d'incompréhension. Chez les Peyroux, on ne parlait que le patois et elle le défendait de toute son âme.

Comme elle ne m'avait pas suivi à l'internat, nous nous étions un peu perdus de vue, mais je la revoyais parfois les week-ends et pendant les vacances. Elle me disait : *Tu te rappelles, qu'on allait à l'école ensemble ? C'était bien, hein ?* Et elle riait à ce souvenir.

Un après-midi de ce même été où Jean est parti, mon père m'a envoyé chez les Peyroux pour récupérer une lame de faux qu'il avait donnée à aiguiser, car le grand-père possédait une meule et il avait le coup de main pour faire ça. C'était une ferme à flanc de colline à deux kilomètres de chez nous. J'y suis allé à pied par les coursières et quand je suis arrivé, j'étais trempé de sueur. Je me rappelle le calme de la campagne sous la chaleur accablante, la vibration de l'air, le zonzon agacé des insectes et la longue couleuvre qui m'a filé sous les pieds près du ruisseau. J'ai frappé en vain à la porte de la partie habitée puis j'ai poussé celle de l'étable où deux vaches jouaient de la queue et faisaient tressauter leur cuir pour chasser les mouches. Ensuite, j'ai traversé la cour et appelé : *Il y a quelqu'un ?* J'allais repartir sans la lame de la faux quand j'ai entendu la voix de la Paule, venue de la grange : *C'est toi, Silvère ? – Oui, où es-tu ? – Là. Viens.* Je suis entré, mais je n'ai vu que du foin. *Où es-tu ? – Je suis en haut.*

Elle était toute proche, mais invisible de là où je me trouvais. J'ai monté un escalier aux marches dépareillées qui donnait accès à un plancher inégal, sous les poutres du toit, un espace de rangement pour les bâches, les courroies, les cordes. Il y avait des pommes toutes fripées, étalées sur du papier journal. Le soleil filtrait entre les voliges et faisait étinceler les particules de poussière en suspension dans l'air. Il faisait très chaud dans cet endroit. La Paule était assise par terre, en short et en chemisette, pieds nus. *Je suis venu chercher la lame de...* ai-je commencé, mais j'ai vite compris qu'à cet instant-là l'affûtage des faux importait très peu à cette demoiselle. Son visage et le haut de sa gorge s'étaient colorés de rose. Elle a retroussé d'un geste sa chemise sous son cou et entraîné en même temps son soutien-gorge, libérant ses deux seins blancs de femme. Elle a dit : *T'as vu ?* Oh oui, je voyais. Le plus troublant, c'était l'inhabituelle gravité de son visage. Elle qui riait presque toujours semblait comme soucieuse. *Tu veux toucher ?* Oh oui, je voulais toucher. Elle a essayé de rire pour revenir à son naturel, mais elle n'y est pas arrivée et cela a tourné en une sorte de gémissement. Je me suis agenouillé et j'ai caressé des seins pour la première fois de ma vie, événement que mon cœur a fêté en cognant fort. *Et ça ?* Elle a écarté un peu les jambes et fourré ma main sous son short. Mes doigts se sont perdus en terrain inconnu, humide et broussailleux. Le mode d'emploi, s'il vous plaît ? Elle a dû penser que je n'y voyais pas assez bien. *Tu veux voir ?* Oh oui, je voulais voir. Elle a descendu à la fois son short et sa culotte, et j'ai vu son ventre blanc, son triangle noir et sa fente rose. *Et toi, tu me fais montrer ?* Le sens de l'équité me caractérise et à quatorze ans je le possédais déjà au plus haut point : si quelqu'un me *fait montrer* quelque chose, je lui *fais montrer* en retour, et sans hésitation. J'ai baissé mon short et la Paule a dit : *Oh là là.* Je ne sais pas si le commentaire était mérité mais dans tous les cas je ne pouvais pas faire mieux. Elle m'a empoigné comme on saisit un panier par son anse, un vélo par son guidon, un chien par son collier et, qu'on me pardonne, un homme par sa queue. Elle m'a attiré contre elle, elle s'est frottée à moi, assez longtemps pour que... Je me rappelle le

73

léger vertige et la réflexion immédiate que je me suis faite : *Ah, c'est donc ça.*

Le grand-père nous a interceptés dans la cour. *T'y dis pas !* m'a soufflé la Paule, mais j'imagine que nous portions notre forfait sur nous : échevelés, débraillés, hagards, deux adolescents qui sortent ensemble de la grange un après-midi de chaleur. Même si ses souvenirs en ce domaine commençaient à être lointains, le vieil homme s'est bien douté que nous ne venions pas de trier les pommes. Il a essayé au passage de gifler la Paule, qui s'est esquivée, et à moi il a crié : *J'y dirai à ton père !* J'ai récupéré la lame de la faux, tandis qu'il marmonnait *c'est du beau, ah oui c'est du beau !*, et je me suis enfui, inquiet, triomphant et poisseux.

Qu'importe, la voie était ouverte. Le vieux n'a rien dit à mon père et de mon côté j'ai pu expérimenter dans les mois et les années qui suivirent combien il était pratique d'avoir toujours sur soi, sans crainte de le perdre, ni de le casser, ni de l'oublier quelque part, un jouet qui valait beaucoup mieux que tous les ballons de football, et avec lequel l'issue de la partie était toujours heureuse.

Dans cet exercice, l'imagination joue le plus grand rôle et quand elle est aidée c'est encore mieux. Caché sous les draps et le transistor collé à l'oreille, j'entendais Juliette Gréco me susurrer : *Déshabillez-moi... oui mais pas tout de suite... pas trop vite...* Entre cette manière sophistiquée et celle plus directe et fougueuse de la Paule, il me restait à comprendre quelle était la bonne avec ces étranges créatures dont je connaissais si peu de choses.

La rentrée en classe de seconde sans Jean Monteilhet a été beaucoup moins triste que je ne le redoutais, d'abord parce que nous faisions vraiment ce que nous avions promis de faire en plaisantant : nous nous écrivions. Oh, pas tous les jours, mais au moins une fois par semaine, et toujours des lettres drôles, avec ce genre de calembours foireux, de contrepèteries et de non-sens qui n'auraient fait rire personne à part nous. Il pouvait m'écrire, par exemple : *Cher Silvère, ici à Tours* (il était à Tours) *les gens sont grossiers et ça me fait vraiment chier car tu sais à quel point je déteste ça. Ces connards n'ont que des vulgarités à la bouche, merde !* Etc. Et je pouvais lui répondre : *Cher Jean, je comprends ton indignation. Je te recommande de traiter ces goujits par le mépras et de ne pas en quenir tonte.* Etc. Les lettres de Jean sont les premières lettres que j'ai reçues à mon nom et c'était un vrai plaisir. Une autre raison pour laquelle la rentrée n'a pas été si morose, c'est que Rosine m'avait rejoint à l'internat et que je devais faire bonne figure devant elle. Enfin je dois confesser que, plus qu'au souvenir de Jean, mes pensées allaient aux filles que je lorgnais autour de moi, cherchant parmi elles celle qui pourrait tenir le rôle de la Paule, mais avec un physique moins compact et un vocabulaire plus complexe.

J'étais dans cet état d'esprit quand est survenu ce coup dur qui a bien assombri mon ciel.

Un jeudi matin, la Dure (c'est ainsi que nous surnommions la concierge parce qu'elle portait un corset rigide qui donnait l'impression qu'elle s'était encastrée dans une carapace de tortue géante sans avoir jamais pu en ressortir) est entrée dans la salle d'étude et elle a distribué le courrier. *Benoit !* a-t-elle appelé en agitant la dernière enveloppe devant elle. Je me suis précipité, me demandant quelle nouvelle fantaisie Jean avait bien pu inventer pour me faire rire, mais j'ai vu tout de suite que ce n'était pas son écriture. En trois ans, je n'avais jamais reçu de lettre de mes parents. Pourquoi m'en auraient-ils envoyé une ? J'aurais été de retour à la maison avant de la recevoir.

C'était ma mère : *Mon grand Silvère, tu vas être très triste et je le suis tout autant en t'écrivant ces mots. Notre brave Bobet nous a quittés. Il a été renversé hier mardi par une voiture, au croisement du chemin et de la départementale. Il n'est pas mort sur le coup mais nous l'avons fait piquer par M. Monnot qui a estimé qu'il n'y avait aucun espoir et que ce serait juste de la souffrance. Il est parti paisiblement, la tête entre les genoux de ton père. Inutile de te dire la peine que nous avons eue et celle que j'ai maintenant à t'écrire cette lettre. Il nous a semblé préférable que tu le saches avant d'arriver à la maison, samedi. Dis-le à ta sœur ou non, à toi de voir. Nous l'avons enterré derrière la maison, mais c'est toi qui mettras ce que tu veux sur sa tombe. Nous t'embrassons très fort. Maman.*

La nouvelle m'a plongé dans un état de sidération qui a duré toute la journée, car pour moi Bobet, malgré son grand âge, était immortel. L'idée que je venais de perdre mon protecteur, mon appui et mon compagnon de toujours n'arrivait pas à cheminer correctement dans mon cerveau. Comme si des digues s'étaient dressées pour me protéger quelques heures encore de la détresse. C'est seulement le soir, dans mon lit, une fois les lumières éteintes, que j'ai senti gonfler dans ma poitrine un chagrin immense, et je me suis demandé si j'allais pouvoir m'empêcher de crier.

Je n'ai réussi à annoncer la triste nouvelle à Rosine que le samedi dans le car qui nous ramenait à la maison et elle a pleuré tellement fort qu'il y a eu un affolement général. J'ai déjà dit à quel point elle pouvait être bouleversée par la mort d'une bête, alors Bobet... La moitié des passagers se sont levés : *Qu'est-ce qu'elle a ? Qu'est-ce qu'elle a ?* Si bien que le chauffeur a dû s'arrêter. Il s'est levé à son tour et a demandé : *Qu'est-ce qu'elle a, cette petite ?* Un garçon lui a dit : *C'est son chien qui est mort.* Rassuré, il a repris le volant et nous sommes repartis.

J'ai appris de mes parents quelques détails supplémentaires sur la mort de Bobet, entre autres que la voiture qui l'avait percuté sans s'arrêter était immatriculée dans l'Allier, nos voisins l'avaient vue. Depuis, et cela date de bientôt cinquante ans, je ne peux pas croiser un véhicule avec un « 03 » à l'arrière sans le soupçonner d'avoir tué mon chien. J'ai appris aussi que dans la camionnette de mon père qui le ramenait à la maison après l'accident, il avait essayé de se relever malgré son bassin fracturé et qu'il y était parvenu avant de s'effondrer définitivement. Ce détail compte pour moi.

Ma sœur et moi nous sommes longtemps creusé la tête pour choisir l'inscription sur sa tombe. Elle proposait un long poème larmoyant écrit de sa main et que je trouvais trop sentimental. Je proposais un très sobre : *Bobet 1951-1967*, qu'elle jugeait trop sec. À la suite d'une négociation exemplaire, nous sommes tombés d'accord pour nous rencontrer à mi-chemin et écrire sur sa croix : *À notre brave et fidèle Bobet 1951-1967.*

Il est venu me veiller une dizaine de nuits, au dortoir. Il se postait près de mon lit, invisible aux autres, la tête un peu penchée sur le côté comme à son habitude, et il l'a fait jusqu'à ce que ma peine diminue. Lorsqu'elle a commencé à se dissiper, il s'est lui-même défait, tel dans les brumes du château d'Elseneur le fantôme du père de Hamlet.

9

MARA. LA RÉVOLUTION.
LA VUE DU CIEL.

Sur ce bateau dont la coque bleue se précise et que les mouettes suivent en criant, il y a donc Jean, mais il y a aussi Mara. Je vais la revoir et cela me semble surnaturel, puisque après avoir disparu de ma vue et de ma vie, cette année lointaine où je l'ai perdue, elle est entrée dans mon imaginaire avec le quasi-statut d'un personnage de fiction. Or je vais la revoir *vraiment*, dans le sens premier du mot, et cette idée m'intimide au point que je ne tiens plus en place et que je dois sans cesse quitter ma barrière, marcher cinquante mètres, revenir, repartir.

Le bon sens voudrait qu'avant de tomber amoureux on prenne le temps d'observer la personne concernée sous toutes ses coutures, qu'on prenne connaissance de son milieu social, qu'on évalue son niveau de raisonnement, sa sensibilité, son humour. Il faudrait aussi avoir vérifié qu'elle n'a aucun défaut rédhibitoire, qu'elle n'est pas australienne par exemple, ni végétalienne stricte. Une fois tous ces éléments pris en compte et bien pesés, alors oui, on pourrait s'engager.

Je ne me suis pas conformé du tout à ces sages principes.

C'était en cours de géométrie, à la rentrée de la Toussaint. Elle était la nouvelle, donc, et le hasard a placé son joli dos et ses jolies épaules devant moi. Elle a demandé une gomme à sa voisine. Comme celle-ci n'en avait pas, elle s'est retournée : *Tu aurais une gomme, s'il te plaît ?* Ses yeux sombres, à peine bridés, ce jour-là, dans cet angle-là, dans cette lumière-là, ne m'ont pas laissé l'ombre d'une chance. Deux jours plus tard, dans le même cours et la même situation, j'ai tapoté son épaule pour la faire se retourner encore, et cette fois je me suis senti fondre.

Il en était ainsi : ses yeux dans les miens modifiaient ma chimie. Le croisement de nos regards avait sur moi le triple effet de la brûlure, de la caresse et de la noyade. Cela se perpétue dans mon souvenir et il est probable que je mourrai avec.

J'ai repéré aussi, entre autres choses, les deux plis verticaux au milieu de ses lèvres, les deux petits sillons, un en haut, un en bas, comme si l'abondance de chair, le trop-plein, les avait imposés, en accordéon, afin que toute la matière y passe. Je lui ai demandé : *Est-ce que tu as besoin de ma gomme ?* Elle m'a montré qu'elle en avait apporté une cette fois. Le lendemain, j'ai encore tapoté son épaule et je lui ai demandé : *Est-ce que tu as besoin de ma gomme ?* C'était risqué, tout le monde n'est pas sensible au comique de répétition. Mais elle a ri, et j'ai vu ses épaules tressauter. Mon voisin, un nommé Fred, m'a glissé : *Tu as un jeton ou je rêve ?*

J'ai un peu pensé à elle pendant le week-end, quatre-vingt-deux fois environ, et le lundi matin je l'ai cherchée des yeux, dans la cour. Quand je l'ai trouvée, j'ai vu qu'elle aussi me cherchait et j'en ai déduit qu'elle aussi avait sans doute pensé à moi pendant le week-end. Elle m'a souri de loin et s'est avancée dans ma direction. Je garde de ces dix ou douze secondes-là, de cette marche d'elle vers moi, choisi parmi des dizaines d'autres garçons possibles, le souvenir d'une grande fierté mais aussi d'une totale stupéfaction : pourquoi moi ? Un peu plus tard, tandis que le père Pythagore nous faisait entrer en cours de mathématiques, elle m'a glissé : *J'ai une gomme mais demande-moi quand même, s'il te plaît.*

Sa voix était douce et précise, appliquée. J'ai par la suite souvent repensé à cette phrase, la première très personnelle qu'elle m'ait dite, et j'ai mesuré à quel point elle était subtilement trouvée. Elle dénotait tout à la fois son humour, sa finesse et par-dessus tout : l'intérêt qu'elle accordait à ma petite personne. Cela voulait dire : parle-moi, dis-moi n'importe quelle bêtise mais parle-moi parce que j'aime quand tu me parles. Venu de la plus jolie fille jamais vue de ma vie, c'était renversant. En tout cas, c'est à cet instant précis qu'elle m'a passé définitivement les menottes au cœur. Ça a fait : *clic clac* vous êtes pris, monsieur ! Jamais on n'avait assisté à capture plus rapide et mieux réussie. C'est qu'on ne m'avait jamais traité de cette façon, moi. Que m'arrivait-il ?

On se sent souvent très gauche pour décrire la beauté. Autant il est facile de donner à voir des mentons en galoche et des nez en trompette, autant on peine à dire de quelle façon une personne est belle et l'émotion qu'on éprouve à la regarder. Tout en elle me tourneboulait, son regard sombre en premier avec son triple effet : brûlure, caresse et noyade, mais aussi ses cheveux noirs dans lesquels j'avais envie de m'enfouir et de m'enfuir, le grain de sa peau et aussi ce charnu des lèvres, cette pulpe, ces plis qui étaient la promesse d'autres plis. J'ai su presque aussitôt que je n'aurais de repos qu'après avoir embrassé ces lèvres-là. Le problème est que lorsque j'y suis arrivé, quelques mois plus tard, j'ai su que je n'aurais de repos qu'après avoir recommencé et ainsi de suite. Mais je reviendrai sur ce drame ordinaire.

Le soir même, torse nu devant la glace du lavabo, au dortoir, je me suis demandé : est-ce qu'un type comme ci peut sortir avec une fille comme ça ? Et je me suis répondu : non. Ma peau était trop blanche, on me voyait les côtes, mon nez était trop long, j'avais l'air hébété d'un suricate qui se hasarde hors de son terrier et vérifie qu'aucun prédateur ne le convoite. Une autre question que je me suis posée alors et que je me pose toujours d'ailleurs : comment se faisait-il que tout le monde ne fût pas amoureux d'elle ?

La distance entre sa maison, une ferme restaurée à la sortie de Louveyrat, et la mienne était de quatorze kilomètres et demi par la route et de neuf kilomètres à vol d'oiseau ; la distance entre son corps et le mien était de quatre mètres et demi en cours d'anglais ; de six mètres en cours d'histoire-géographie et de quatre-vingts centimètres en cours de géométrie, proximité suffisante pour que je parvienne à sentir l'odeur de ses cheveux, et il y avait une forme d'héroïsme à résister à cette tentation presque insupportable : les prendre à pleines mains pour plonger mon visage dedans.

L'épreuve du miroir m'avait donné à réfléchir. Je n'étais ni beau ni moche, je me situais dans la moyenne, pire : le tout-venant. Quelles autres cartes pouvais-je abattre pour me faire valoir ? Je n'étais pas idiot, évidemment, mais je n'ai jamais entendu une fille déclarer : ce garçon a 16,75 de moyenne générale, ça me donne terriblement envie de l'embrasser ; sur les lèvres pour les 16 points, et avec la langue pour les 0,75 supplémentaires, les plus difficiles à obtenir. Non, il ne fallait pas compter là-dessus, les filles ne raisonnaient pas comme ça. Jean me conseillait aussi de la faire rire. Le problème avec cette stratégie est que l'ennemi numéro un de l'humour, c'est la tension. On est drôle quand on est détendu. Or il suffisait que la distance entre elle et moi descende en dessous de sept mètres pour que je sois aussitôt noué comme un scoubidou.

Elle était métisse, née quelque part en Casamance d'où ses parents adoptifs l'avaient ramenée en France à l'âge de six mois, et elle répondait au doux nom de Mara. Nul doute que le sentiment d'exotisme n'était pas étranger à la passion immédiate et dévorante que j'ai éprouvée pour elle. J'ignore quel mélange de Moyen-Orient, d'Europe et d'Afrique avait abouti à ce résultat, mais cela donnait envie d'applaudir debout au brassage des peuples. Jamais avant elle je n'avais eu les doigts à ce point attirés par la peau d'une autre personne. C'était une vraie torture que d'avoir à portée de main sa joue, son avant-bras, et mieux encore aux beaux jours : son genou ou sa cuisse, sans pouvoir aller au bout de son idée.

Je n'ai rien entrepris de l'hiver, par peur de tout

gâcher, je suppose. J'ignorais la nature précise de son attachement pour moi, et je craignais, en voulant gravir une marche de plus dans notre complicité, de m'y prendre mal et de dégringoler l'escalier entier. C'est au printemps seulement que tout s'est décanté à la faveur de la merveilleuse pagaille de Mai 68. Autant le dire, ma conscience politique était alors embryonnaire, et la personne que je rêvais de renverser n'était pas le général de Gaulle. Elle était plus petite, infiniment plus jolie et ses oreilles étaient moins grandes.

Le lycée et l'internat tels que je les avais connus avec Jean les trois ou quatre premières années n'existaient plus. La plupart des dingos qui avaient sévi à l'époque étaient soit décédés de mort violente, soit en prison, soit radiés de l'Éducation nationale, soit placés en établissement psychiatrique. Dommage. J'aurais adoré voir la tête de Mazin au bout d'une lance. J'aurais aimé le voir humilié, à son tour, ainsi que tous ces autres petits tyranneaux de province. J'aurais aimé voir la peur changer de camp.

Chez nous, ce n'était pas le Quartier latin, certes, mais nous avons eu tout de même les assemblées générales bordéliques, les débats enfiévrés, l'émergence de leaders insoupçonnés et surtout cette liberté qui nous était soudain donnée d'aller et venir sans contrôle. Nous franchissions à notre guise les murs du lycée, comme des externes ! Nous buvions par hectolitres des Orangina, des Pepsi Cola, des bières et des cafés. Nous fumions des Royale Menthol. Nous jouions au baby-foot dans les bars.

Le nôtre était le Globe et je m'y suis retrouvé un

samedi après-midi avec Mara et un petit groupe de révolutionnaires. J'étais assis face à elle et je faisais des efforts désespérés pour regarder autre chose que ses yeux et sa bouche quand elle a dit qu'elle devait rentrer chez elle à pied, que son Solex était en panne. J'avais ma mobylette Peugeot garée devant et j'ai battu tout le monde de vitesse : *Je t'emmène, si tu veux. – C'est vrai, ça te dérange pas ?* Non, ça ne me dérangeait pas, ça me donnait juste l'occasion d'être seul avec elle pour la première fois depuis qu'elle était arrivée parmi nous, six mois plus tôt. Je jubilais.

Elle s'est installée sur mon porte-bagages (mon *emporte-bagages*, aurait dit Rosine) et s'est accrochée à mes épaules. J'étais en T-shirt et le contact de ses mains sur le tissu et parfois, par glissement, sur ma peau me faisait littéralement trembler. Je me suis maudit de ne pas m'être tenu aux séances de musculation commencées dans ma chambre en soulevant mon lit et continuées pendant quelque temps à l'internat en soulevant le Gaffiot.

Les Hintz habitaient une ferme sans aucune pintade. Un gros pick-up Chevrolet stationnait dans la cour de gravier, et j'ai éprouvé un véritable choc culturel en découvrant dans la salle de séjour des plantes vertes aussi hautes que des petits arbres, un piano, des luminaires, des statuettes, des masques africains, et en vrac sur les tables basses et sur les étagères, par dizaines, des livres d'art : de peinture, d'architecture, de photographie. Un énorme chat roux dormait en boule sur un rebord de fenêtre. Les deux parents étaient là, l'un et l'autre la bonne cinquantaine. Lui, en short, ressemblait à un archéologue qui aurait découvert le tombeau de Toutankhamon le matin même, et elle à une artiste peintre avec sa blouse tachée de couleurs, ses cheveux blancs sur les épaules et sa cigarette aux lèvres. Ils m'ont salué gentiment et Mara m'a entraîné dans sa chambre qui faisait la moitié du terrain de football de Louveyrat. Nous avons parlé plus de trois heures et écouté de la musique, assis sur le tapis. Le tube de l'année était *A Whiter Shade of Pale* du groupe Procol Harum qui commence par l'inoubliable : *We skipped the light fandango-o-o.* Aujourd'hui encore il suffit que j'entende les trois premières mesures de ce titre, pour me retrouver à seize ans, assis sur ce tapis, le cœur battant, amoureux fou.

Quand je suis parti, elle m'a accompagné jusqu'à ma mobylette. *Au revoir, et merci de m'avoir ramenée. – De rien. Au revoir. On se revoit demain au Globe ? – Oui, d'accord demain. – Bon eh ben au revoir. – Oui, au revoir.* Ça aurait pu durer longtemps, alors je me suis penché et je lui ai donné un baiser sur la bouche, très léger. Elle a eu l'air surprise, mais elle l'a accepté et elle m'en a donné un à son tour. *Au revoir. – Au revoir. – À demain. – À demain.*

Sur le chemin du retour, j'ai poussé ma mobylette à fond, c'est-à-dire que je roulais à plus de trente-cinq à l'heure. J'ai traversé Louveyrat moteur hurlant, sans marquer le feu (l'unique feu), et juste après le panneau criblé d'impacts de plombs de chasse, là où commençait la campagne, j'ai décollé.

Je n'avais jamais survolé la région et c'était merveilleux de le faire là, au coucher du soleil, en hurlant : *We skipped the light fandango-o-o,* de voir en dessous de moi les toits de tuiles jaunes, la rivière dans laquelle j'avais appris à nager, la route toute droite entre les platanes, le village, la mosaïque pastel des champs autour de lui, la colline et le bois. Après tout, l'avenir s'annonçait lumineux puisque notre révolution était en passe de réussir, que l'imagination serait bientôt au pouvoir, ce qui me convenait personnellement très bien, qu'on en avait fini avec les banquiers, les bellicistes et les moralistes de tous poils, ces empêcheurs de vivre, qu'on entrait dans une ère de liberté, que les peuples du monde entier allaient fraterniser, toutes races confondues, et que Mara et moi en étions le magnifique et juvénile exemple, que ce baiser sur ses lèvres n'était qu'un début, qu'il y en aurait d'autres, plus profonds, que je la déshabillerais, que je pourrais coller mon corps au sien, lui faire l'amour et la caresser autant que je le voudrais, que nous aurions des enfants adorables qui viendraient s'accrocher à nos jambes et qui nous ressembleraient.

Quand ma mobylette et moi avons repris contact avec la Terre, au croisement de notre chemin et de la départementale, là où Bobet s'était fait écraser par cet assassin venu de l'Allier, je n'avais rien perdu de mon enthousiasme mais j'ai trouvé que tout cela faisait quand même un peu peur. Serai-je à la hauteur de ce qui m'arrivait ?

Mara Hintz. C'était envoûtant, et si loin des patronymes ordinaires de chez nous. Cela combinait la sonorité sombre, exotique, sensuelle et profonde de son prénom : Mara, et le pragmatisme plus moderne et germanique du nom de ses parents adoptifs : Hintz. Ce mélange atypique montrait bien qu'il s'agissait là d'un être extraordinaire à tous points de vue. Pour me hisser à sa hauteur, moi Silvère Benoit, né à Louveyrat et jamais sorti de mon trou, j'avais du pain sur la planche : il me faudrait me dégager de mes origines, les faire oublier, balayer sous le tapis que nous n'avions pas, notre ferme, les pintades, les manières de mes parents – celles de ma mère qui malgré sa ronde bonhomie et son atypique goût pour l'opéra était tout de même terriblement d'ici, et surtout celles de mon père, marquées de son indécrottable rusticité. Rude tâche.

10

LA PORTE. LE POULAILLER.
LES LETTRES.

Des baisers, oui, il y en a eu. À s'en user le bec et la langue, dès que nous nous retrouvions seuls. Des mains en balade aussi, sous le T-shirt ou la chemise, et sur les jambes jusqu'à mi-cuisse, mais l'accès au reste de son corps m'était interdit, la ceinture du pantalon délimitant une frontière infranchissable lors des attaques par le nord, et les genoux serrés sous la jupe lors des attaques par le sud. Le mot-clé de notre conversation pendant un mois et demi a été : *Non*. Ce n'était pas un *non* autoritaire et assorti de reproches, c'était un doux *non* désolé dans lequel j'entendais : *Pas encore*. Robert m'aurait dit avec sa verdeur coutumière : *Pauv' con, quand les filles disent non, ça veut dire oui ! Faut pas les écouter !* Mais ce *non*-là, même timide, signifiait bel et bien *non*, cher et rude professeur, et vous-même n'auriez pu passer outre. Quant à mon expérience auprès de la Paule, elle m'était de peu de secours, dans la mesure où j'ai vite compris à quel point elle avait été unique et en aucun cas reconductible avec des personnes ordinaires.

Lorsque je parvenais à oublier mon obsession, c'est-à-dire rarement, nous passions ensemble des heures délicieuses dans sa chambre dont elle laissait la porte entrouverte afin de permettre à n'importe lequel de ses deux parents de faire irruption à tout moment. Jean excepté, je n'avais jamais eu autant de plaisir à converser avec quelqu'un. Elle avait vécu en région parisienne avant d'arriver ici, et elle me confiait qu'elle aurait rêvé d'une petite sœur comme la mienne, ou d'un petit frère, qu'elle s'était beaucoup ennuyée, toute seule. Elle proposait qu'on se voie aussi chez moi, elle était certaine de trouver ma sœur *sympa*, mes parents *adorables* et les pintades *tordantes*. Je ne tenais pas du tout à ce qu'elle vienne. Je ne trouvais pas la profession de mon père très prestigieuse, d'autant plus que le sien était ingénieur géologue. Elle était désireuse aussi de rencontrer ma grand-mère, ce qui a déclenché chez moi l'alerte rouge. J'ai répondu que ça pouvait attendre. Autant mon grand-père, qui n'avait pas de filtre dans son discours, aurait lâché de son vivant une réflexion drôle mais sans méchanceté sur la couleur de peau de ma petite amie, autant ma grand-mère aurait été fichue d'inventer une horreur raciste à la faire repartir pour toujours en Casamance.

Nous découvrions un peu plus à chaque rencontre combien nos façons de penser étaient proches. Je n'aurais pas cru cela possible avec quelqu'un d'autre que Jean et voilà que, miracle, cela m'arrivait avec la plus jolie fille du monde. Nous étions du même avis en toutes choses, des très grandes – l'assassinat de

Martin Luther King au mois d'avril de cette même année – jusqu'aux petites : *Tu as déjà ressenti ça ? Tu t'endors et il te reste juste assez de conscience pour t'en rendre compte... – Oui, ça fait comme un vertige. – Oui, c'est ça. – Oui, et il ne t'arrive jamais d'avoir envie de pleurer pour rien, comme ça, au milieu de l'après-midi, alors que tout va bien ? – Si... – Tu crois qu'on peut s'attacher à un animal autant qu'à une personne ? – Je ne sais pas. – Moi je crois que si, j'ai eu un chien qui s'appelait Bobet et...* Ces confidences avaient quelque chose de bouleversant pour moi, et au bout du compte de très sensuel, c'était une autre façon de nous déshabiller, et chaque fois que nous arrivions à ce degré d'intimité, je me sentais mû par une pulsion irrésistible, une tendresse mêlée de désir et je ne pouvais pas m'empêcher de lui sauter dessus. Elle se laissait embrasser, caresser, jusqu'au fatal *non*, au blocage des mains et au refus de fermer la porte.

J'ai parlé des rêves érotiques dont elle est l'héroïne et que j'ai faits régulièrement pendant toute ma vie, eh bien dans beaucoup cela commence par Mara qui se décide enfin à fermer cette porte. Et là encore, si j'étais un écrivain américain, j'écrirais : cette putain de porte.

Jean, dans ses lettres, se moquait de moi et de ma foutue porte. Il me demandait : *Est-ce que Mara bout ?* Je lui répondais que non, que c'était plutôt moi qui bouillais et je me comparais à une Cocotte-Minute.

Ces jeux nous ont emmenés à l'été et au départ de Mara, fin juillet. Elle s'en est allée à l'Océan avec ses parents et plusieurs cousins que sans connaître j'ai aussitôt accablés de toutes les tares possibles. Ma jalousie en a fait des benêts incultes et au physique repoussant qui allaient lui faire comprendre la différence entre moi et les autres, et ressentir d'autant plus douloureusement mon absence.

La veille de son départ est ce jour funeste où j'ai eu la surprise de la voir arriver chez nous en Solex pour me dire au revoir. Mon père m'avait donc embauché pour un coup de main et elle m'a trouvé au poulailler, dans l'odeur âcre des fientes, les bottes aux pieds et trempé de sueur.

J'étais si sale que nous ne nous sommes même pas touchés. Je suis juste sorti pour lui parler. Le vent était bien entendu orienté de telle façon qu'il nous apportait l'odeur puissante du tas de fumier voisin, la plus paysanne qu'on puisse imaginer et pour moi la plus déshonorante.

Pourquoi tu es venue ? On avait rendez-vous à Louveyrat. – Oui, mais je suis venue quand même. Ça te contrarie ? – Non, j'aurais juste préféré que tu me préviennes. En réalité, j'étais plus que contrarié, j'étais mortifié. Le remplaçant de Bobet, un jeune chiot au poil beige, s'est approché d'elle, amical, mais elle ne l'a pas considéré. Elle a même levé les mains en l'air pour le dissuader. Son sourire a disparu. *Si c'est tout le plaisir que ça te fait, de me voir, je repars.* Comme je ne la retenais pas, elle a tourné les talons et lancé : *À tout à l'heure quand même ? On se retrouve au Globe ?* Je ne sais pas ce qui m'a pris : *Non, je ne viendrai pas, mon père a besoin de moi. – On se revoit après les vacances, alors ? – C'est ça, après les vacances.*

Elle est remontée sur son Solex, m'a adressé à

distance un baiser de routine en portant ses doigts à sa bouche, et elle est partie sans se retourner, escortée par le chiot qui a trottiné près d'elle jusqu'au croisement.

Le soir, j'ai pleuré dans mon lit. Je pensais aux livres d'art, chez elle, et au piano avec la partition ouverte sur le lutrin, et je n'arrivais pas à décider si ce qui me faisait le plus souffrir était la colère ou la honte. Sans doute était-ce surtout la peur de la perdre, la terreur de la perdre. J'ai eu envie de sauter sur ma mobylette et d'aller lui rendre visite, de nuit ; je jetterais un caillou contre son volet, elle descendrait en cachette et nous nous parlerions, nous remettrions à l'endroit ce qui était à l'envers, et tout serait comme avant, mais je n'avais plus confiance en moi : je pourrais bien me laver, me changer, me parfumer et soigner les apparences, je serais désormais et pour toujours, dans les yeux de Mara, le gars du poulailler.

Dans sa première carte postale (l'île de Groix vue du ciel, avec une croix tracée au stylo pour situer leur location) elle écrivait : *Bien arrivée. La maison est grande et à deux cents mètres de l'eau, les cousins sont sympas et leurs amis du coin aussi, mais... tu me manques.*

Qu'ai-je fait sans elle de mes jours et de mes nuits pendant ce mois d'août ? De mes nuits je m'en doute, de mes jours je ne sais plus. J'ai dû lui écrire une douzaine de lettres de plusieurs pages chacune, en vers et en prose, nager dans la rivière, y pêcher des goujons, tourner en mob ou jouer avec deux ou trois copains sur le terrain de foot désert de Louveyrat. J'ai emmené Rosine voir *Oscar* avec Louis de Funès au cinéma itinérant installé pour un soir dans notre village. Une nuit, avec des complices, nous sommes entrés dans le cimetière et avons tenté (en vain) de communiquer avec les morts, mais je tiens à préciser que sur la tombe de mon grand-père, j'ai interdit qu'on fume.

Coup de théâtre à la rentrée et grand bonheur pour moi, d'autant plus qu'il ne m'en avait volontairement rien dit : Jean Monteilhet était de retour ! Sa mère ne s'était jamais faite à l'Indre-et-Loire, elle avait pleuré la moitié du temps, là-bas, et ils rentraient donc au pays. Quand je l'ai aperçu de loin dans la cour, il m'a salué comme au théâtre. Il s'est penché en avant, redressé puis présenté de profil, d'un côté, de l'autre, bien droit et hilare. Il avait grandi, il se rasait, moi pas, il maintenait toujours son col relevé. Nos retrouvailles ont été d'autant plus faciles que nous avions l'impression de ne pas nous être quittés. Celles avec Mara, en revanche, me réservaient une douloureuse surprise.

Sans me fuir, elle ne me cherchait pas et la déception m'a ravagé. Est-ce que d'autres que moi avaient touché à elle pendant son séjour sur l'île de Groix ? Si oui, ils le paieraient cher. J'étais prêt à les retrouver un par un, à leur trancher les doigts avec lesquels ils l'avaient tripotée et à les leur greffer au cul. J'étais prêt à leur inverser les yeux avec lesquels ils l'avaient reluquée, leur arracher à vif, avec des tenailles rouillées, la langue qui leur avait servi à l'embobiner.

Un après-midi j'ai réussi à la coincer avant la sortie des migrateurs, je veux dire des externes et des demi-pensionnaires. C'était dans la cohue, on nous contournait par la gauche et par la droite, on nous bousculait mais je ne pouvais plus différer : *Qu'est-ce que tu as ? Tu ne veux plus de moi ?* Silence. *Tu es sortie*

*avec quelqu'un, c'est ça ? – Mais non ! Je ne suis
sortie avec personne. – Mais alors, quoi ? – Quoi,
quoi ? – Pourquoi tu ne veux plus de moi ?* Silence.
*Qu'est-ce que j'ai fait de mal ? – Rien, tu n'as rien
fait de mal, c'est juste que... – Que quoi ? – Je crois
qu'on n'est pas attachés l'un à l'autre de la même
façon. – C'est-à-dire ? – Excuse-moi, je dois y aller...*

Elle ne mentait pas, personne ne m'avait doublé.
Il se passait simplement que ma petite fiancée était
moins amoureuse de moi que je ne l'étais d'elle, ou
du moins pas de la même façon. Il m'a fallu des
semaines pour en accepter le constat désespérant :
elle avait beaucoup d'affection pour moi, une extrême
tendresse même, j'étais le frère qu'elle n'avait jamais
eu, le confident. Seulement on n'est pas amoureux de
son frère ni de son confident.

Mai était déjà rentré dans l'histoire et avec lui la
belle liberté de mouvement dont nous avions profité
jusqu'à l'ivresse, au printemps. Désormais, c'était l'automne et, passé 16 heures, Mara quittait le lycée tandis
que moi j'y restais. Je ne la voyais plus qu'au milieu
du troupeau et quand nous aurions pu être seuls un
instant, elle s'arrangeait habilement pour que nous ne
le soyons pas. J'essayais de provoquer des rencontres
le week-end, mais ça ne marchait jamais. Je ne dormais
plus, je fumais des Royale Menthol jusqu'au milieu
de la nuit en écrivant des poèmes remarquables et
désespérés. J'étais rongé de l'intérieur par un chagrin
permanent que rien ni personne ne pouvait adoucir.
Jean, la seule personne à partager ma peine, m'a dit :
T'en fais pas, quand on est tout au fond, on remonte.
Je lui ai enseigné un autre dicton, moins connu : *Quand
on est tout au fond, on peut descendre encore.*

J'ai réussi à parler à Mara en tête à tête un après-midi. Je l'ai interceptée au portail alors qu'elle quittait le lycée. Je savais ce que je voulais lui dire et je m'étais préparé à le faire avec dignité, sans me donner en spectacle. *Mara ! – Oui, Silvère. – Je voudrais savoir pourquoi tu m'évites.* Elle a hésité. Elle ne voulait pas me blesser. Puis elle s'est lancée. *Je t'évite parce que tu me fais peur. – Je te fais peur ? Moi ? – Oui, enfin, non. C'est plus compliqué. Ce que tu ressens pour moi m'étouffe, voilà. Tes lettres de cet été, par exemple, elles m'ont touchée bien sûr, mais c'était trop, je ne savais pas comment y répondre. Tu m'en as envoyé vingt-six en trois semaines et demie ! Vingt-six ! Tout le monde s'est foutu de moi ! Un matin j'en ai reçu quatre d'un coup, Silvère, tu te rends compte ? Ça m'a fait peur, ça, oui. Je voudrais qu'on soit juste amis maintenant. Tu peux comprendre ? Si tu es d'accord avec ça, je ne te fuirai plus.* J'étais bien obligé de reconnaître que ma frénésie amoureuse pouvait effrayer. Je n'avais pas le choix. J'ai dit : *D'accord, je vais faire de mon mieux. – Tu me promets ? – Je te promets.* Elle m'a embrassé. *Je t'adore, Silvère.* En partant elle s'est retournée et m'a regardé par-dessus son épaule : brûlure, caresse et noyade.

Dès le lendemain j'ai tâché de respecter ma promesse. J'ai fait l'effort prodigieux de moins la regarder, de me tenir à distance. Mon idée secrète était de la reconquérir à petites touches. Jean m'a conseillé : *Fais comme si tu ne t'intéressais plus à elle, va avec une autre s'il le faut et d'ici deux semaines elle te supplie à genoux de revenir.* Ça ne s'est pas passé ainsi. Pire : ce qui me mettait au supplice lui convenait parfaitement.

11

LOURS'.
LA PLUIE ET LES LARMES.
LE DERRIÈRE.

Notre classe de 1re A s'était enrichie de deux arrivants : le premier était un demi-pensionnaire nommé Lourcet mais que tout le monde a vite appelé Lours'. C'était un gaillard de plus de 1,80 mètre, aux cheveux bouclés, paisible, du même âge que nous mais plus mûr. Je l'ai eu à côté de moi, en latin, et je me rappelle l'impression qu'il donnait de remplir l'espace de son volume, sans effort, avec évidence. Il venait de l'Ouest, de Nantes exactement. Son père avait été nommé proviseur du lycée privé d'une ville voisine, dans lequel sa mère était également professeur, mais ils avaient préféré scolariser leur fils ailleurs, chez nous.

Un samedi après-midi d'octobre, je traversais Louveyrat avec Rosine pour aller prendre le car qui nous ramènerait à la maison. Nous longions, nos sacs sur le dos, la grille du parc municipal où j'étais venu plusieurs fois avec Mara, avant l'été. Elle apportait son transistor, parfois. Nous y avions notre banc habituel, et un jour je m'y étais même endormi, la tête sur ses genoux.

Tout en marchant, Rosine me parlait avec ardeur de son dégoût pour la dissection des grenouilles à laquelle on l'obligeait en cours de sciences naturelles : *Tu vois leur cœur battre, tu te rends compte ! Leur cœur battre ! La petite pulsation ! Et tu te dis : mais de quel droit je touche à ça, hein, de quel droit ? En quoi ma vie compterait-elle plus que la leur ? Tu t'imagines, crucifié sur une table par des épingles plantées dans tes poignets et tes chevilles, avec des grenouilles géantes autour de toi, des grenouilles en blouse blanche qui papotent entre elles et s'apprêtent à t'ouvrir le ventre ? Et tu n'aurais même pas de voix pour crier ?* Je la laissais se révolter à son aise. À vrai dire, je me foutais un peu du sort des grenouilles.

C'est alors que je les ai aperçus à travers la grille : Lours' et Mara, dans le parc, debout sous un érable, à quelques mètres de *notre* banc. Ils se tenaient face à face, immobiles. Elle avait appuyé son front contre sa poitrine et elle tenait le col de sa veste à deux mains. Puis elle a levé les yeux vers lui, s'est hissée sur ses orteils et ils se sont embrassés. J'ai vu leur amour. J'ai vu *leur cœur battre*, et cela m'a choqué cent fois plus que Rosine celui des grenouilles. J'ai mesuré la différence entre Lours' et moi. Jamais Mara ne s'était tendue vers moi de cette façon, jamais elle n'avait eu cette demande. Et moi jamais je n'avais eu face à elle cette solidité, cette stature qu'avait Lours'. Jamais je n'avais été aussi fort et rassurant.

Plus encore que la jalousie, c'est le sentiment de trahison qui m'a ravagé, surtout à cause du lieu. Et voilà que je ne trouve rien de mieux, un demi-siècle plus tard ou presque, que de louer une maison sur Ouessant pour y réunir ces deux-là, ceux-là mêmes qui m'ont brisé le cœur. Et s'ils allaient tomber à nouveau dans les bras l'un de l'autre, sous mes yeux ! Et si j'étais en train d'organiser le replay de mon propre cauchemar.

Je ne peux plus annuler notre rendez-vous, mais je peux encore revoir l'accueil. Et si pour une fois j'abandonnais le contrôle et que je libérais mes pulsions primitives ? Le bien que ça doit faire ! Je laisserais Lours' descendre du ferry et s'avancer vers moi, je lui sourirais afin de le mettre en confiance, et quand il serait tout près, au lieu de l'embrasser, je lui exploserais le nez d'un violent coup de tête. Je laisserais Mara s'occuper de lui. Et je leur hurlerais : vous avez cru que quarante petites années peuvent suffire à calmer pareille douleur ? Vous avez cru un seul instant que je pourrais oublier ? Vous espériez quoi ? Mon absolution ? Eh bien la voilà ! Tu l'as prise dans le nez, mon absolution, Lours', et toi Mara tu as de la chance d'être une femme ! Vous, Luce et Jean, venez avec moi, nous allons manger des crêpes, boire du cidre et parler du bon vieux temps. Vous deux, Lours' et Mara, allez vous faire foutre ! Voyez, le ferry repart dans l'autre sens dans dix minutes, je vous conseille d'y remonter ensemble, comme ça vous pourrez vous bécoter à votre aise, enfin quand tu auras fini de pisser le sang, Lours' !

Oui, j'adorerais être, l'espace d'un instant, la brute épaisse capable de ça, mais on ne se refait pas. Si je n'ai pas tout cassé il y a quarante ans, alors que la blessure était à vif, pourquoi le ferais-je davantage aujourd'hui ?

Après un week-end pétaradant d'optimisme et de bonne humeur (mon père m'a demandé si je comptais reparler un jour ou si c'était définitif) j'ai foncé droit sur Mara dès le lundi matin, dans un couloir du lycée : *Je crois qu'il faudrait qu'on se voie. – Oui, tu as raison, mais pas ici, pas cette semaine. – Alors quand ? – Samedi prochain, en fin d'après-midi, ça te va ? – Ça me va. – D'accord. Au Globe ? – Non, pas au Globe, il y a trop de monde. Je veux être seul avec toi. – Tu as raison. Chez la Tanlette alors ? – D'accord.*

Chez la Tanlette, c'était un petit bistrot excentré et sans charme, tenu par une vieille bique acariâtre, mais il y avait un juke-box et on pouvait y être tranquille. Le samedi, je suis rentré chez moi par le car et revenu en fin d'après-midi sur ma mobylette. Je me suis rendu compte que mon cœur battait aussi fort qu'avant nos tout premiers rendez-vous, que j'étais toujours aussi amoureux. C'était juste elle qui ne m'aimait plus.

Quand j'y suis arrivé, j'ai vu le Solex de Mara garé devant. Elle m'attendait.

Nous étions les seuls clients, nous avons commandé des cafés et mis de la musique pour empêcher que la Tanlette nous entende. J'ai pris soin d'éviter *A Whiter Shade of Pale*, ça va de soi.

Je t'ai vue, avec Lours'. – Ah bon, où ça ? – Vous étiez dans le parc, la semaine dernière, je suis passé devant avec Rosine. – Je suis malheureuse pour toi, Silvère. – Qu'est-ce que tu me reproches ? – Rien, je ne te reproche rien, tu es le garçon le plus formidable que j'aie jamais rencontré. – Ah bon, je suis content de l'apprendre, mais le plus formidable après Lours'

quand même. – Non, ça n'a rien à voir. – C'est-à-dire ?
– C'est-à-dire que...

La suite, ce sont les mots qui ne servent à rien, sinon à fouailler, à faire souffrir.

Tu as fait semblant, alors, avec moi ? – Tu es fou, je n'ai jamais fait semblant. Tout ce qu'on a fait ensemble, je l'ai voulu et ça m'a plu. – Jusqu'à un certain point. – Oui, ce que je n'ai pas voulu, ce n'était pas à cause de toi, mais à cause de moi. – Ah oui, ça veut dire que tu n'iras pas plus loin avec Lours' non plus ? – Je n'ai pas dit ça, tu mélanges tout. – Je ne mélange rien.

La musique s'est tue. Nous sommes restés une minute dans le silence puis, comme la Tanlette ne bougeait pas de derrière son bar, juste pour nous emmerder je suppose, elle voyait bien qu'elle nous gênait, je suis allé au juke-box et j'ai choisi au hasard, pour faire du bruit, le titre 103 : *Rain and Tears* du groupe Aphrodite's Child. Erreur fatale. Le disque vinyle s'est positionné, le bras de l'électrophone s'est laborieusement abaissé dessus, il y a eu l'instrumental, le temps que je regagne notre table, et comme je me rasseyais en face de Mara, mon premier amour, la voix déchirante de Demis Roussos a retenti : *Rain and tea-ea-ea-rs...* Elle est entrée en moi, cette voix, elle m'a foré le cœur, et dès lors je n'ai plus pu dire un seul mot de peur qu'elles ne coulent, mes larmes, ce que je ne voulais en aucun cas. J'ai mis la main à ma poche et j'ai tendu à Mara le cadeau que je lui avais apporté. Elle a ôté le bout de Scotch, déplié le papier et trouvé ma gomme. Ça l'a fait rire. Elle a posé la gomme à côté de sa tasse et elle a pris mes mains, par-dessus la table, dans ses doigts souples :

J'aimerais que nous restions amis, Silvère. Je ne sais pas ce que ça donnera avec Lours'. Peut-être rien du tout au bout du compte. Mais toi, je ne veux pas te perdre. S'il te plaît. S'il te plaît. Moi j'avais un rocher dans la gorge. J'ai réussi à lui dire : *Je veux bien, mais c'est que... c'est que je suis follement amoureux de toi, tu comprends ?* Je voyais bien ce que ces mots avaient de sentimental et de ridicule, mais je n'en ai pas trouvé d'autres à cet instant, et ils exprimaient la pure vérité. C'est elle qui pleurait à présent, et elle a insisté : *S'il te plaît. Dis-moi oui.* Elle m'a répété à quel point je comptais pour elle, à quel point elle m'adorait. Il aurait fallu un cœur de pierre pour ne pas accéder à sa supplique, or j'en avais un d'artichaut. J'ai fait signe que oui, de la tête, et glouglouté quelque chose qui se rapprochait de : *D'accord.* Elle a dit : *C'est dommage quand même, c'est dommage...* J'ai dit : *Tu l'as dit !* Demis Roussos a repris de plus belle : *Rain and tea-ea-ea-rs / A-are the same...* À croire qu'il le faisait exprès, ce vilain, et il a réussi : les digues ont rompu.

Nos larmes ont roulé sur nos joues, elles ont rempli nos tasses, nos soucoupes, puis elles ont coulé sur nos mains, sur la table en Formica, sur nos genoux, sur le sol. *When you cry / In winter time / You can pretend / It's nothing but the rain*, a continué Demis et la Tanlette s'y est mise. On n'aurait pas attendu ça d'elle, il faut croire que notre détresse était contagieuse. Elle a d'abord reniflé un peu, puis les sanglots lui sont venus. Elle a hoqueté un moment puis elle est allée chercher une serpillière et un seau mais le temps qu'elle revienne le niveau avait monté et atteint la mi-hauteur de son bar. Elle a perdu pied, lâché

ses outils et plongé en criant : *Je sais pas nager !*
Mara et moi nous sommes déshabillés entièrement,
sans aucune gêne, elle son corps doré, le mien trop
blanc, et nous avons plongé aussi. On flotte mieux sur
les larmes que sur l'eau, c'est à cause du sel. *But in
the sun / You've got to play the ga-a-a-ame*, a insisté
Demis Roussos. La porte a cédé sous la pression et le
flot a gagné la rue, emportant les chaises, les tables,
les verres, les pailles, les bouteilles de sirop de menthe
et le juke-box. *Rain and glop... you cry... glop...
pretend...* a gargouillé Demis.

Après cela le silence est tombé. Ne restaient que
le clapotis des vagues lourdes et notre souffle. Nous
avons nagé longtemps dans la masse liquide, tiède
et salée de nos larmes que le crépuscule colorait de
reflets gris mercure. Nous sommes passés devant
l'église et la mairie presque submergées l'une et
l'autre. Nous étions les seuls êtres humains, au milieu
des meubles et des objets qui flottaient çà et là comme
après un naufrage. Lorsque Mara me précédait, je
voyais son joli derrière disparaître et réapparaître à
la surface, et la petite grotte sombre de la fourche
dessous. Je la rejoignais et je lui disais qu'elle avait
un joli derrière. Elle me remerciait. Et puis il y a
eu un appel derrière nous, nous nous sommes retour-
nés à temps pour voir la Tanlette qui coulait en se
débattant. Elle essayait de nous crier quelque chose.
Qu'est-ce qu'elle dit ? m'a demandé Mara sans s'arrêter de nager. Je ne savais pas, ça se terminait par *-tion*.
Était-ce : *Qu'on me donne la bénédic-tion !* Ou bien :
Quelqu'un aura-t-il pour moi un peu de compa-ssion ?
J'ai fini par comprendre, c'était : *Vous n'avez pas
réglé vos consommations.*

103

En réalité, nous les avons réglées, nos consommations. Notre amour aussi était consommé, semblait-il. Nous sommes sortis dans la rue. Devant le bar, elle est montée sur son Solex et je l'ai regardée partir. Si ça se trouve elle allait rejoindre Lours'.

Ma mob est tombée en panne, bien sûr, cette saloperie, dans la côte, à trois kilomètres de chez nous. Il y avait de l'essence dans le réservoir, pourtant. J'ai eu beau dévisser la bougie, souffler dessus, écarter les électrodes avec la lame de mon couteau, essayer de repartir en descente dans l'autre sens, le moteur n'a rien voulu savoir. Il était noyé il était noyé. Alors je me suis arc-bouté et j'ai poussé ma mob dans la côte et dans la nuit, en essayant de réfléchir à ma situation. Si Mara n'avait pas voulu de moi du tout, dès le début, j'en aurais souffert, bien sûr, mais je m'en serais accommodé. Là c'était pire : elle avait d'abord voulu de moi, puis, à l'usage en quelque sorte, elle n'en avait plus voulu, preuve ultime de mon insignifiance et de ma nullité. La perspective de ne plus jamais être regardé amoureusement par elle, de ne plus embrasser le petit pli de ses lèvres, de ne plus caresser ses seins sous sa chemise, l'idée qu'un autre était peut-être en train de faire cela ou même pire à cet instant même, tandis que je me tétanisais les mollets et les bras en poussant cette chierie de mobylette lourde comme un âne mort, la certitude que mon amour pour cette fille n'avait strictement aucune chance de diminuer dans les cinquante années qui allaient suivre, tout cela constituait un tableau assez sombre.

Bref, il m'est apparu que la solution la plus raisonnable était de mettre fin à mes jours.

12

LE PONT *LÀ-BAS*.
L'ABSENCE DE PRÉCAUTIONS.

J'ai exclu le coup de fusil dans la bouche, car très salissant et désagréable pour ceux qui vous trouvent. J'ai exclu la pendaison, qui convient mieux à de vieux agriculteurs célibataires. J'ai exclu le gaz qui peut faire exploser la maison et tous ses occupants avec, alors qu'ils ne demandent qu'à vivre, eux. Restait le saut dans le vide, qui présente un quadruple avantage : premièrement, il réduit presque à zéro le risque d'échec si la hauteur est suffisante ; deuxièmement, bien exécuté, il ne manque ni de panache ni de majesté même si on ne fait pas le saut de l'ange (cette figure n'ayant guère d'intérêt en l'absence de public) ; troisièmement, il ne nécessite aucun matériel ; quatrièmement, le sujet n'est le plus souvent pas découvert par ses proches.

Je me suis rappelé ce pont au-dessus de la rivière d'où s'était jeté autrefois, avant ma naissance, cet homme trompé par sa femme le jour même de leur mariage. Cette histoire, fameuse dans le village, m'avait toujours fasciné et chaque fois que je passais à cet endroit, j'y pensais. Ma mère m'avait même raconté en détail comment ça s'était passé et j'avais été stupéfait d'apprendre que l'homme avec lequel la mariée s'était éclipsée après la cérémonie n'était autre que le père du marié lui-même. Le mari trompé s'était reclus chez lui pendant une semaine, sans oser montrer son visage à quiconque, avant d'aller laver son déshonneur en se jetant du pont, une nuit.

Avant de passer à l'acte, j'aurais aimé pouvoir me rendre à Clermont sur la tombe de ma maman Jeanne, mais cette demande aurait éveillé la suspicion. Je me suis contenté de regarder la photo d'elle que je tenais dans un tiroir de ma chambre, celle où elle est en plan américain, et je lui ai demandé de m'accueillir sans me gronder si je la rejoignais plus tôt que prévu. Elle a rechigné : *Tu as dix-sept ans, Silvère, c'est quand même un peu tôt, non ? Tu es sûr que ça ne peut pas s'arranger, ton affaire ?* Je lui ai expliqué que la tristesse ne me quittait plus, que je n'avais plus le goût de vivre. Elle a soupiré : *Bon, c'est d'accord, mais ne t'attends pas à des merveilles, ici c'est plus que tranquille, il ne se passe rien.* Je lui ai dit que je préférais ça.

Au moment de rédiger mon message d'adieu à ma chère famille, je me suis retrouvé devant la même difficulté qu'à la mort de Bobet. Ça n'allait jamais : trop long, trop court, trop léger, trop dramatique, et pas question cette fois de parlementer avec ma sœur, si bien que j'ai fini par griffonner ces quelques mots sur une page de mon cahier de maths que j'ai cachée sous mon oreiller : *Papa, maman, Rosine, je vous aime, mais je n'ai plus le courage de vivre. Pardonnez-moi. Silvère.*

Le dimanche après-midi, mon père a réparé ma mobylette. La bougie n'était pas en cause, c'est le gicleur qui était bouché, ça arrive assez souvent sur ce modèle de Peugeot, il suffit de souffler un bon coup dedans, mais encore faut-il le savoir, sinon vous insistez et vous noyez le moteur. Qu'importe. Le principal, c'est que je pouvais compter sur elle pour me transporter le soir même jusqu'à cet endroit où je dirais adieu à la vie. J'avais en effet programmé mon grand saut pour après le dîner, l'obscurité me semblant propice à un aussi sombre dessein. Ce dernier repas en commun m'a paru si normal et quotidien que j'en aurais presque douté que j'allais mourir dans les heures qui suivraient. Ma mère avait fait des croque-monsieur avec beaucoup de sauce béchamel comme nous les adorions, ma sœur et moi, et j'en ai mangé trois. Mais je ne pouvais pas m'empêcher à chaque instant de me dire : c'est la dernière fois que j'entends le rire de ma sœur, la dernière fois que ma mère me jette ma serviette en disant *attrape !*, la dernière fois que j'entends mon père faire claquer la lame de son couteau à la fin du repas, la dernière fois que tout.

J'ai attendu qu'il soit minuit et que tout le monde dorme pour me glisser hors de la maison. J'ai poussé ma mobylette jusqu'au bout du chemin, là où Bobet, etc. Je l'ai enfourchée et j'ai pétaradé jusqu'à ce pont qui n'avait pas de nom. On l'appelait le pont *là-bas* en montrant la direction et tout le monde comprenait. À cet endroit l'eau avait creusé le lit, et la distance du parapet jusqu'en bas était d'au moins huit mètres, profondeur plus que suffisante pour permettre à un corps humain en chute libre de prendre la vitesse nécessaire à sa dislocation lors de la rencontre avec le sol, d'autant plus qu'il y avait davantage de rochers que d'eau dans la rivière.

J'ai calé la mobylette sur sa béquille et regardé autour de moi. La lune était quasi pleine et les couleurs froides des alentours, dans les gris et les blancs, collaient à mon projet. J'ai cependant été frappé par l'indifférence absolue de la nature à mon égard, à cet instant décisif. Je sais, on ne peut pas attendre de compassion particulière de la part d'une rangée de frênes et encore moins d'une barrière à moutons, mais quand même.

J'ai enjambé le parapet métallique et jugé que le mieux était de ne pas hésiter, de ne pas me donner le loisir de penser. Il fallait être rapide et technique. J'ai ouvert mes mains, derrière moi, et me suis laissé basculer en avant afin de ne pas tomber sur mes jambes, ce qui aurait pu faire échouer mon projet. Je souhaitais être mort et non tétraplégique. Il y a eu comme un gong assourdissant qui a fait vibrer l'air, une sorte de torsion de tout. Durant la chute, étonnamment longue, j'ai essayé de visualiser le sourire de Mara, pour partir avec, mais ce sont les visages des miens qui me sont apparus, mon père et ma mère, horrifiés, bouche ouverte, et Rosine qui a crié : *Silvère, non !* Bobet lui-même est venu me rendre visite, l'œil rond et la tête inclinée, avec l'air de se demander ce que je foutais là à huit mètres du sol alors que je n'étais ni une mouche ni un oiseau. J'ai eu le temps, *in extremis*, de me dire : *J'aurais pas dû, ça se serait peut-être arrangé, mon affaire.*

L'explosion de mon corps sur les rochers m'a semblé n'avoir aucun rapport avec ma chute elle-même, c'était comme si cela venait d'ailleurs, ne me concernait pas. Je n'ai ressenti aucune souffrance. Pas le temps.

Ensuite ? Ensuite rien. Pas même la conscience de ce rien. J'avais toujours pensé qu'il n'y avait rien après la mort, mais à ce point-là, non !

Non, bien sûr, je n'ai pas sauté.

La raison en est que j'ai entendu au loin la note insistante et haut perchée d'une autre mobylette. À l'oreille, c'était une cinquante centimètres cubes, comme la mienne, ce genre de machine qui vous bousille les tympans mais n'avance pas. Le son a donc précédé de beaucoup l'image. J'ai enjambé le parapet dans l'autre sens et attendu. Le pilote poussait son moteur à fond, mais il a mis une éternité à parvenir jusqu'au pont et s'y arrêter près de moi. Je me suis rendu compte que c'était la Paule lorsqu'elle a ôté son casque. *Bonjour, Silvère. – Oh, Paule, c'est toi ? D'où tu viens comme ça ? – Je rentre du travail. – Tu travailles le dimanche ? – Oui, je fais la plonge à la Charmille. – À la Charmille ? Mais c'est pas ta route, là ? – Non, mais y a des travaux, j'ai pris la déviation. Oh là là.* Elle avait changé en bien. Elle était plus mince et plus féminine. Elle a frotté ses cheveux ébouriffés par le casque pour les arranger un peu et elle m'a dit : *Tu te rappelles, dans la grange ? C'était bien.* Et comment que je me rappelais ! Ça remontait à plus de deux ans, mais allez oublier ça !

Cette fois, nous sommes allés nous cacher sous le pont. Nous n'aurons connu que des situations extrêmes, la Paule et moi : d'abord une grange surchauffée, dans l'odeur sucrée des pommes blettes, et maintenant la rive glaciale et caillouteuse de la rivière, dans la nuit d'octobre, mais rien n'arrête deux amoureux motivés. Autant le dire, nous n'avons pris aucune précaution, et c'était d'autant plus stupide que j'avais transporté sur moi pendant des mois et pour rien un préservatif acheté en mai avec Fred. Nous avions dû faire les trois pharmacies de Louveyrat avant d'y arriver. C'est moi qui étais entré dans la première, mais comme la vendeuse était une jolie blonde aux cheveux courts (je la revois !), je n'avais pas osé demander et j'étais ressorti avec un tube d'aspirine. Fred s'était foutu de moi mais il n'avait pas fait mieux dans la deuxième d'où il était revenu avec un sirop expectorant contre la toux sèche. J'avais réussi dans la troisième. C'était un paquet de six que nous nous étions partagé, trois chacun. J'en avais sacrifié deux pour les essais, me rappelant en cela le conseil de Robert qui claironnait : *Les capotes, c'est comme les chaînes pour les roues de la voiture, c'est pas dans la tempête qu'il faut apprendre à les poser, il vaut mieux s'entraîner bien au chaud dans son garage, hein, Paule ?* Je ne comprenais rien à ce qu'il voulait dire mais les grands pédagogues dispensent ainsi leur savoir quelquefois : ils nous paraissent obscurs et sibyllins, et nous ne les comprenons que plus tard.

Aucune précaution donc, mais reconnaissons qu'on ne pense pas spontanément à se munir d'un préservatif quand on part se suicider. Cet accessoire n'est pas compris dans la panoplie du désespéré. Dans les semaines qui ont suivi, j'ai imaginé à quoi pourrait bien ressembler un bébé né de moi, Silvère Benoit, et de la Paule Peyroux : quelles seraient sa bouille et son intelligence. Cela pouvait très bien devenir un garçon très costaud qui répéterait sans cesse *oh là là* en culbutant ses conquêtes dans la grange, ou bien une fille fine et délicate mais qui serait née avec un casque de moto sur la tête. J'ai eu longtemps, jour après jour, l'angoisse de voir la Paule débarquer à la maison, le ventre déjà rond et flanquée de toute sa famille, dont le grand-père qui aurait glapi : *C'est du beau, ah, c'est du beau !* Mais il ne s'est rien passé de tel.

Nous avons pris notre temps, cette fois, et même fumé une cigarette après, comme dans les films. La conversation avec la Paule était certes limitée, mais nous n'avions ni l'un ni l'autre l'envie de nous séparer aussi vite. J'ai eu la mauvaise idée de lui demander si elle l'avait déjà fait avec Robert. Il l'avait tellement provoquée depuis des années avec ses allusions plus que directes que ça me semblait fatal. Eh bien pas du tout ! Elle a même été blessée que je la soupçonne et elle m'a frappé fort sur le bras : *Avec Robert ! Ça va pas, non ! Je suis pas amoureuse de lui !* Je n'ai pas osé lui demander si elle était amoureuse de moi. C'est le froid humide qui a fini par nous chasser.

En rentrant, j'ai vu de la lumière dans la cuisine. J'ai garé la mobylette le plus silencieusement possible, mais même moteur arrêté elles font un bruit de soufflet, ces bécanes, quand on les pousse. Ma mère m'a entendu et elle est sortie à ma rencontre. Il était presque 2 heures du matin. *Qu'est-ce tu fais dehors, Silvère ? – J'arrivais pas à dormir, je suis allé faire un tour. – Tu vas bien ? – Oui, je vais bien. Et toi, tu dors pas ? – Si, je me suis juste levée pour boire.*

*J'ai entendu ta mob. Tu es sûr que tu vas bien ? Tu
me le dirais, hein ?*

Je lui ai répété que j'allais bien. Je n'allais pas lui
dire : j'étais parti me suicider, mais j'ai rencontré la
Paule Peyroux et j'ai fait l'amour avec elle sous le
pont *là-bas.*

13

LUCE. LE COUTEAU ANGLAIS.
LA BATAILLE DE MARENGO.

J'ai évoqué deux arrivants dans notre classe de 1re A en cette rentrée d'après révolution. Le premier était Lours' bien sûr, dont je me serais bien passé puisqu'il m'avait soufflé la fille dont j'étais éperdument amoureux. L'autre était une arrivante, Luce, transfuge de la section B et que l'administration avait préféré séparer de deux de ses amies. La sanction récompensait le trio pour l'ensemble de son œuvre, leur exploit final consistant en une tonte de leur propre chevelure. Elles n'avaient pas fait ça pour se punir elles-mêmes de je ne sais quelle collaboration avec l'ennemi, mais juste pour emmerder les adultes et se faire remarquer. Leur but avait été atteint au-delà de toute espérance. C'était en juin 68 et ce printemps-là le monde était devenu assez fou pour qu'on ne s'étonne de rien ou presque, mais l'irruption au lycée de ces trois crânes blanchâtres surmontant des visages rendus méconnaissables avait fortement marqué les imaginations. À la rentrée suivante, l'une des trois avait été envoyée dans un autre établissement voir si ses cheveux y étaient. La seconde avait reçu de ses parents l'interdiction de fréquenter Luce. La troisième était Luce.

Elle impressionnait par sa réputation d'insoumise et, même éloignée de ses complices, elle faisait un peu peur, si bien qu'elle a mis du temps avant de s'intégrer à notre classe. Ses cheveux encore ras malgré la repousse faisaient ressortir ses yeux et c'est ce qui frappait chez elle : l'intensité de son regard, un regard qui scrutait et vous perçait à jour. Elle s'était certes exhibée en se tondant, mais nous avons vite compris qu'elle s'intéressait davantage aux autres qu'à elle-même.

Après quelques semaines d'observation, elle s'est rapprochée de quatre élèves de la classe : deux demi-pensionnaires, qui étaient Claude Lourcet, dit Lours', et Mara Hintz, et deux internes, qui étaient Jean Monteilhet et moi, Silvère Benoit.

Je suis allé chez elle pour la première fois fin octobre, c'est-à-dire peu après mon saut raté et mon assaut réussi. Elle avait parlé de moi à ses parents comme d'un *génie* parce que j'avais de bonnes notes en français, si bien qu'ils ont proposé que je l'aide dans cette matière et dans les quelques autres où elle peinait. Ils n'avaient pas les moyens de me payer comme un vrai professeur mais si je prenais pour ces leçons particulières le tiers du tarif en usage, par exemple, ils étaient partants. Mes parents m'ont interdit de recevoir d'eux le moindre centime. *S'ils veulent te faire un petit cadeau, d'accord, mais pas d'argent !* Ils ont bien fait, d'une part parce que j'étais loin d'être un génie, et d'autre part parce que Luce était beaucoup moins faible que le laissaient supposer ses mauvaises notes. En réalité, elle était la plus imaginative de notre classe, la plus vive d'esprit, mais elle refusait de se conformer aux consignes des professeurs et elle n'obéissait qu'à ses propres règles. Si j'essayais par exemple de lui enseigner que dans une dissertation française il fallait introduire le sujet, développer et conclure, elle me répondait qu'elle ne le pouvait pas parce qu'elle avait fait un serment avec ses deux copines de l'année précédente. Quel serment ? lui avais-je demandé. Celui de ne jamais introduire aucun sujet ni de faire aucune conclusion dans aucun devoir de français, et cela jusqu'au baccalauréat. Elles voudraient bien y condescendre le jour de l'examen parce qu'elles n'étaient pas suicidaires, mais sûrement pas avant. Davantage qu'un serment, c'était entre elles un pacte sacré, parfaitement gratuit, ce qui à leurs yeux ajoutait encore à sa valeur, et elles s'y tiendraient, même éparpillées aux quatre coins de l'univers. Allez discuter ça ! Quant au couteau anglais, elle le prononcerait *naïll'f* quand ils se décideraient à l'écrire *naïll'f*, mais aussi longtemps qu'ils l'écriraient *knife* elle le prononcerait *knif*. Bref, je n'avais pas grand-chose à lui apprendre et nous avons donc vite abandonné jusqu'au simulacre même de nos leçons particulières. Mais j'ai continué à aller chez elle les samedis après-midi jusqu'à Noël pour écouter de la musique et bavarder, après quoi, sans cesser de nous voir, nous avons renoncé à ce rendez-vous régulier.

J'avais eu un choc culturel en entrant chez Mara, j'en ai éprouvé un d'une autre sorte chez Luce. Elle habitait dans un appartement au deuxième étage d'une petite HLM de Louveyrat, avec ses parents, son frère et ses deux sœurs. Autant le dire, les Mallard étaient branchés sur haute tension. Les invectives fusaient sans répit : *Ta gueule ! – J't'emmerde ! – Tu fais chier !* Mais dans la continuité ou presque : *Je t'aime. – Pardonne-moi. – Viens faire un bisou !* Ça me rappelait cette dame qui nous avait tant fait rire, Rosine et moi, parce qu'elle disait à son chien sur un ton monocorde : *Donne ta patte, fous le camp, donne ta patte, fous le camp...* Enfin c'est surtout moi qui avais ri, parce que Rosine souffrait pour cette pauvre bête vouée à la psychose. Le père de Luce était ouvrier d'usine, mais je ne l'ai connu qu'en arrêt maladie, assis dans son fauteuil et entouré de livres d'histoire sur l'époque napoléonienne, dont il se prétendait un grand spécialiste. La mère s'agitait à vide. Les deux sœurs cadettes pleuraient ou riaient, je ne les ai jamais vues dans un état intermédiaire, et le jeune frère, dont j'ai assisté à la mue permanente pendant deux années pleines, se contentait de braire des *hein-ein-ein ?* sonores et grincés qui exaspéraient tout le monde. *On dit pas « hein », on dit « comment » !* le reprenait une sœur. *Non, on dit « pardon » !* ripostait l'autre. *Vos gueules !* tranchait la mère. *Hein-ein-ein ?* reprenait l'âne.

Comment Luce avait-elle fait dans cet environnement pour être ce qu'elle était, cela tenait du miracle. En tout cas, elle méritait pour cela notre profonde admiration. J'appréciais aussi qu'il n'y ait aucune ambiguïté entre nous deux. Elle était sèche et plate, et ne m'attirait pas spécialement, pas plus que je ne l'attirais, moi, ce qui était reposant. J'ai su plus tard que si elle était séduite par quelqu'un dans notre petite compagnie, ce n'était par aucun des trois garçons mais par Mara. En somme, Mara a rendu amoureux d'elle trois d'entre nous, sans compter les inconnus. Seul Jean échappait à ses douces griffes, enfin c'est ce que j'ai cru longtemps, jusqu'à ce qu'il m'avoue, mais il avait déjà la quarantaine, que lui aussi avait succombé.

C'était à l'occasion de l'enterrement de sa mère, par un glacial après-midi de novembre. Nous nous sommes retrouvés tous les deux, dans un café du village, après l'inhumation, à boire un grog, et il m'a dit cela de but en blanc, sans que rien n'ait amené le sujet, sans doute à cause de l'état émotionnel où il se trouvait : *Tu sais que j'étais amoureux de Mara, moi aussi ? Pas autant que toi, mais je l'étais.* Il m'a demandé pourquoi ça me faisait rire, et je lui ai dit que je trouvais incroyable qu'il ait pu me cacher ça pendant tout ce temps. C'est ce même jour que j'ai revu son père, notre héros de la campagne de Belgique, notre écrabouilleur de Dauphine. Il m'a paru triste, vieilli, frileux, et beaucoup moins massif. Mais il s'est animé en me serrant la main : *Ah Silvère, Silvère, oui, je t'aurais pas reconnu.*

Mais revenons à Luce. Un samedi de novembre, j'allais rentrer chez moi quand sa mère m'a intercepté : *On te garde, Silvère ! Tu manges avec nous !* J'ai objecté qu'on m'attendait à la maison, que je n'aimais pas trop rouler de nuit à mobylette à cause de mon éclairage capricieux, mais elle ne m'a laissé aucune chance : *Tu restes !*, et elle a appelé chez nous pour dire que je dînais avec eux. C'était, dans son esprit, le cadeau promis en paiement des leçons.

J'ai assisté dans ma vie à pas mal de repas de mariage et à des banquets de toutes sortes, mais jamais aucun n'a atteint le niveau sonore ni la confusion de ce repas chez Luce. Si elle-même est restée assez silencieuse, les cinq autres membres de la famille se sont déchaînés. Tout le monde parlait en même temps et le volume montait montait, sans qu'on puisse trouver nulle part aucun bouton pour le réduire. Ça pouvait atteindre l'hystérie par instants.

Y a quoi, des pâtes au gruyère ? – Eh oui, des pâtes au gruyère ! T'es miro ou quoi ? – J't'emmerde ! – Des pâtes au grugru, super ! – Merci ! – Merci qui ? – Passe-moi le pain ! – Quoi ? – Passe-moi la miche, putain ! – Vous savez que Napoléon adorait les écrevisses et qu'après la bataille de Marengo... – On s'en fout ! – C'est comme ça que tu parles à ton père ? – Y nous bassine avec Napoléon ! – Alors merci qui ? Merci mon chien ? – C'est ça : merci toutou, ouaf ouaf ! – Elle m'a rayé mon disque, la conne ! – Quoi ? – T'as rayé mon disque ! – Je l'ai pas rayé ! – Si, tu l'as rayé ! – Non, j'l'ai pas rayé ! – C'est toi qui l'as rayé, Pat' ? – Hein-ein-ein ? – C'est toi qui as rayé mon disque ? – Comment tu dis fourchette en anglais, Silvère ? – Quoi ? Mais taisez-vous, putain, on l'entend pas, redis-le, Silvère ! – Redis une fois « putain » et je t'en descends une ! – Oh, t'as vu le chat ? On dirait qu'il va dégueuler ! – Ah oui ah oui on dirait ! – Passe-moi le pain, merde ! – J'ai pas rayé le disque ! – Après la bataille de Marengo, il a... – Le voilà ton pain ! – J'en veux plus ! – Qui c'est qui reprend des pâtes ? Silvère ! T'es maigre, reprends-en ! – Fous-lui la paix ! – À qui ? – À Silvère, pas à mon cul ! – Hein-ein-ein ? – Marche pas dedans, maman ! – Ramasse, au lieu de regarder ! – Comment tu dis forque *en anglais, Silvère ? – Faut pas dire « comment on dit* forque », *faut dire « comment on dit fourchette » abruti ! – Quoi ? – Mais*

arrêtez de gueuler, putain ! – Tiens, j't'avais prévenu,
celle-là tu l'auras cherchée ! – Ah ah, tu l'as pas pas
vue venir ! – « Elle m'a dit d'aller siffler là-haut sur
la colline... » – Ta gueule, on chante pas à table !
– Hein-ein-ein ? – Ça sent le brûlé, non ? – Si. –
Non. – Si. – Non. – Si. – Taisez-vous, j'arrive pas
à sentir ! – Y a plus de fromage ? – À propos de
fromage, Napoléon... – Ta gueule !

Après les yaourts, Luce m'a raccompagné en bas,
et dans le hall d'entrée quand nous nous sommes dit
au revoir, j'ai vu qu'elle était au bord des larmes :
Excuse-moi, je n'aurais pas dû accepter qu'on te
garde. J'ai repensé à moi surpris par Mara dans le
poulailler, à la honte que j'avais éprouvée alors, et
j'ai eu pitié d'elle. Je lui ai dit qu'elle ne s'en fasse
pas, que je comprenais très bien ce qu'elle ressen-
tait et j'ai commencé à défendre sa famille. Elle m'a
interrompu : *Laisse tomber. Ils sont trop cons. Tout*
ce que j'attends, c'est de me tirer d'ici.

14

LOURS'. LE GRELOT.
LA RUE SANS JOIE.

On s'en doute, j'ai haï Lours'. Tout ce qui aurait dû le rendre aimable à mes yeux, sa modestie, sa gentillesse, sa bonhomie, m'insupportait. Il ne m'avait pas vraiment chipé Mara, puisqu'elle m'avait quitté avant, mais ça n'y changeait rien : dans mon esprit il occupait *ma* place. Et je l'aurais haï plus encore s'il ne s'était pas comporté envers moi avec une bienveillance jamais prise en défaut. Il ne me laissait même pas ça : le loisir de le détester à mon aise.

Exaspérant aussi cet air morose qu'il affichait en permanence. Dans sa situation, je veux dire avec Mara dans mes bras, j'aurais célébré une fête intérieure permanente, un carnaval de Rio en continu, et j'aurais rayonné d'un bonheur visible et contagieux. J'avais envie de lui demander : c'est parce que tu as le droit d'embrasser Mara, de la caresser à volonté et de lui faire l'amour que tu tires une gueule pareille ? Et tu fais quelle tête quand tu vas chez le dentiste, je peux voir ?

J'ai compris en partie d'où lui venait cette tristesse le jour où le hasard m'a conduit chez lui. Il avait été absent quelques jours et notre professeur principal m'avait chargé de lui remettre ses cours en retard. J'y suis allé à contrecœur, mal à l'aise et furieux contre moi-même d'avoir accepté cette mission. Il n'habitait pas Louveyrat mais la petite ville voisine, distante d'une quinzaine de kilomètres. Son père y était le nouveau proviseur du lycée, un bâtiment du XVIIIe siècle, en pierre de taille, dans une aile duquel ils occupaient un logement de fonction qui aurait pu accueillir trois familles. Sa mère enseignait l'histoire et la géographie dans le même établissement. Lours' m'attendait en bas, convalescent, très pâle et emmitouflé dans une grande écharpe. *T'es venu en mob ! – Ben oui, tiens, voilà tes cours.* J'ai voulu repartir aussitôt mais il m'a dit que sa mère tenait absolument à ce que je monte, qu'elle avait préparé quelque chose pour moi, en remerciement. Pour accéder à la chambre de Lours' (qu'elle appelait Claude, c'était marrant), nous avons monté un escalier puis suivi un couloir qui rappelait en largeur l'avenue principale de Louveyrat, mais en moins gai. Quant à la longueur, elle faisait regretter de ne pas avoir emporté un pique-nique. Les plafonds étaient si hauts qu'on aurait pu organiser un lâcher de ballons. *Et à Nantes, vous habitiez le même genre d'appartement ?* lui ai-je demandé tandis que nous cheminions. *Oui, mais en plus grand*, a-t-il répondu sans rire et sans que je puisse savoir si c'était de l'humour ou la vérité. Pour nous appeler à goûter, sa mère nous a sonnés, je devrais plutôt dire tintés, car ce n'était pas une cloche, mais un grelot suspendu à la porte qu'elle agitait en tirant sur le fil de vingt-cinq mètres qui reliait la cuisine à la chambre de Lours'. Ils avaient bricolé ce système pour éviter que chaque repas soit précédé d'une véritable randonnée.

Quand j'ai raconté ça à Luce en lui demandant si elle en voudrait chez elle, elle a reconnu que non, mais quand je lui ai décrit la bibliothèque des Lourcet, avec ces centaines de livres reliés, derrière leur vitrine, surtout des livres d'histoire, elle a soupiré : *C'est mon père à moi qui serait heureux d'avoir ça.* J'aurais dû tourner la langue quatorze fois dans ma bouche avant de l'ouvrir : *À propos de ton père, est-ce que tu sais qu'à la bataille de Marengo, Napoléon...* Je n'ai pas eu le temps d'aller au bout de ma plaisanterie, elle m'a décoché une gifle sonore qui m'a fessé la joue, et elle m'a menacé : *Ne me fais plus jamais ça !* C'était parti sans qu'elle y réfléchisse, sec et cinglant. Je me suis excusé, j'ai reconnu que je l'avais bien mérité. Elle m'a dit que non, que c'était elle qui devait s'excuser, qu'elle était trop impulsive. Elle a même proposé que je lui rende la gifle, mais j'ai refusé, je suis mauvais pour taper les femmes.

Chez Lours', nous avons pris le goûter dans la cuisine où sa mère, une longue jument indolente et livide, nous a servi un riz au lait immangeable à cause de son atroce goût de brûlé. Mais Lours' l'a quand même félicitée pour ce *bon goûter*. De retour dans sa chambre, il m'a confié qu'elle était dépressive et que préparer ce riz au lait lui avait coûté beaucoup d'efforts. Je n'en ai pas su davantage ce jour-là, il n'était pas du genre à se confier, mais j'ai appris peu après que sa sœur aînée, qui avait douze ans de plus que lui, était dépressive aussi. Quant à son père, c'était un homme très strict doublé d'un sadique capable de faire pleurer ses professeurs. En somme, Lours', que nous considérions comme un garçon triste, était le gai luron de la famille.

J'imaginais les repas du soir chez les Lourcet, les longs silences, juste le bruit des mandibules, Lours' qui fait exprès un peu de bruit avec sa fourchette, ou en servant l'eau de trop haut dans les verres, ou en coupant sa viande, son père qui craque le premier : *Raconte-nous quelque chose, Claude*. Et lui qui raconte un petit événement de sa journée, qui en invente un au besoin, afin qu'il y ait plus de trente paroles échangées avant qu'ils se séparent, à 20 h 15.

Est-ce qu'il avait osé amener Mara chez lui ? Est-ce qu'elle avait vu ça ? Décidément chacun de nous possédait son secret caché, son honteux coin de territoire : moi mon poulailler, Luce sa ménagerie et Lours' son tombeau.

Ma visite chez lui et la découverte de sa lugubre famille avaient déjà troublé son image, mais quand Mara l'a quitté, au printemps, nous avons assisté à sa métamorphose. Un autre Lours' est apparu derrière le premier : un Lours' déboussolé, déconfit, perdu. Il n'a pas fait un secret de leur séparation et je me rappelle ses quelques mots pour la résumer : *C'est elle qui veut plus*. Tiens, ça me rappelait quelque chose. J'ai eu envie de le réconforter. Après tout j'avais connu précisément la même pathologie et j'en connaissais donc tout le processus : l'attaque du microbe (un microbe ravissant), la période d'incubation, les symptômes, la fièvre, le paroxysme, la souffrance associée et la presque agonie. En revanche j'ignorais le remède, étant moi-même loin d'être guéri.

J'avoue que j'ai caressé un instant l'espoir que Mara

me reviendrait par le principe des vases communicants, mais l'amour ignore ces lois réservées à la physique et je n'ai rien caressé d'autre que l'espoir.

Ensuite est survenu cet événement brutal qui a fait de Lours' mon égal, définitivement, et qui a marqué le début de notre amitié.

À la rentrée de Pâques, il ne s'est pas présenté au lycée et l'information a couru que sa mère venait de s'empoisonner. C'est stupide et de très mauvais goût, mais dès que j'ai entendu ce mot, mon premier réflexe a été de penser : avec son riz au lait ? Il m'arrive assez souvent d'avoir ainsi des pensées dont je ne suis pas fier, et il est heureux qu'elles ne passent pas ma bouche. En réalité, elle avait profité d'une journée de solitude, son mari à Nantes et son fils absent, pour absorber deux boîtes d'antidépresseurs. Ce n'était pas un appel au secours. Elle ne s'est laissé aucune chance. Quand Lours' est rentré, il l'a cherchée dans toutes les pièces (le temps que ça a dû lui prendre !), appelée en vain. Il a eu son père au téléphone, depuis Nantes, et celui-ci lui a conseillé : *Va voir dans sa salle de classe. C'est la 24 au deuxième étage.* Il y est allé et il l'a trouvée. Il n'y avait plus rien à faire.

J'imaginais le grand Lours', seul être vivant dans ce lycée désert, faisant résonner son pas dans les couloirs de pierre, poussant la porte de la salle 24 et découvrant le corps inerte de sa mère. J'imaginais aussi ce qui allait suivre : les repas du soir, en tête à tête avec son père psychorigide et cette question dont ce dernier aurait juste à retoucher un peu la syntaxe, *raconte-moi quelque chose, Claude* au lieu de *raconte-nous*. Et le grelot silencieux, à l'heure des repas.

Après l'enterrement, qui a eu lieu à Nantes, il est

revenu parmi nous nimbé par son deuil d'une aura intimidante. Ses yeux étaient rouges et gonflés. Dès que j'en ai eu l'occasion, je lui ai dit combien j'étais peiné pour lui, j'ai évoqué ce riz au lait que sa mère avait fait pour moi, sans rappeler bien sûr à quel point il était immangeable, et sur la lancée je lui ai confié que ma mère biologique était morte en me mettant au monde. Il m'a dit qu'il le savait déjà, par Mara, que tous les deux avaient souvent parlé de moi d'ailleurs et qu'elle m'adorait. Il a fallu que j'attende l'été, notre périple en Allemagne et ce soir où nous avons bu trop de bière pour qu'il m'explique en détail comment il avait retrouvé le corps de sa mère : *J'étais devant cette porte de la salle 24 et je n'osais pas entrer, je claquais des dents parce que ça caillait dans ce couloir, mais surtout parce que j'étais terrifié. Quand je dis que je claquais des dents, ce n'est pas une image, mes dents claquaient vraiment, tu comprends ? Je me disais : je suis tout seul, bon Dieu, tout seul, je saurai pas faire, pas m'en occuper, je suis qu'un ado, merde ! Mais quand j'ai été dedans et que je l'ai vue, j'ai compris que c'était moi qui devais être là et personne d'autre, que c'était ma place. Elle était recroquevillée dans un coin, les mains sur son ventre. Son visage était paisible, pour une fois. Je l'ai pas déplacée, je l'ai laissée comme elle était. Je me suis couché à côté d'elle, je l'ai prise dans mes bras et je lui ai parlé. Elle était déjà froide. J'ai pas donné l'alerte tout de suite. Je me suis dit que je devais en profiter, tu peux comprendre ça ? Quand je me suis relevé, j'ai vu qu'elle avait écrit en tout petit, à la craie, au bas du tableau : pardon. Mon père avait pensé que je la trouverais là, parce qu'elle lui avait dit un jour que sa salle de classe était le seul endroit où elle se sentait bien.*

Les beaux jours ont dénudé les bras, les épaules et les genoux des filles, et les jambes aussi parfois pour peu que le vent s'en mêle ou que la propriétaire les croise, événement plus excitant pour nos seize ou dix-sept ans que l'accession de Georges Pompidou à la présidence de la République. La réapparition de la peau brune de Mara sous ses vêtements verts ou jaune vif m'a cruellement rappelé que je n'avais plus le droit d'y toucher et cette rechute m'aurait presque décidé à retourner au pont *là-bas* afin d'y exécuter cette fois et sans tergiverser un saut définitif. L'embrasser chaque matin sur les joues sans pouvoir glisser de quelques centimètres jusqu'à la fente de ses lèvres me mettait au supplice.

Un dimanche, Jean et moi sommes allés à Clermont en auto-stop. Nous avons passablement erré dans les rues écrasées de soleil, mangé derrière la gare dans un snack déprimant un sandwich innommable et échoué à la nuit tombante dans cette fameuse rue qui était le seul but de notre expédition, en fait, sans qu'aucun de nous deux l'ait exprimé avant. Notre heure limite de retour était largement dépassée et nous avons téléphoné chez nous pour prévenir que nous arriverions plus tard que prévu. Mon père s'est mis en colère, ce qui était rare, et il a dit qu'il venait nous chercher avec sa camionnette. *Où êtes-vous exactement ? Regarde le nom de la rue, j'arrive ! – Non, papa, je te jure, on va se débrouiller. Ne viens pas !* Je ne pouvais tout de même pas lui dire : *Oui papa, nous sommes rue du Cheval-Blanc, derrière la gare, tu sais. – Oui, mon fils, je connais. J'y suis allé quand je faisais mon service militaire. Y a-t-il toujours cette petite rousse avec un œil de verre ? – Oui, papa, elle te passe le bonjour d'ailleurs, et elle me fait un prix d'ami en souvenir de toi.*

Il y avait deux femmes et nous étions deux, ce qui nous a semblé un signe du destin. Nous sommes passés une première fois devant elles avec l'air de ce que nous étions : deux grands ados intimidés qui passent devant des professionnelles lasses, un dimanche soir de juin. La première, dans les quarante ans, a dit : *Vous venez, les gars ? Vous verrez, avec moi, c'est pas du cousu main, c'est du cousu bouche.* Et comme nous ne répondions pas, la deuxième, une blonde plus âgée, a ajouté : *Ensemble, si vous voulez. Je vous prends tous les deux, mes chéris.* À l'angle de la rue, nous nous sommes concertés. Nous étions bien d'accord : il s'agissait de *faire une expérience*, rien d'autre. Mais pas ensemble, non, sûrement pas. *Laquelle tu préfères ? – Comme toi, j'imagine, la brune. – On est d'accord, elle est beaucoup mieux. Tirons à pile ou face.* J'ai eu la brune. Nous nous sommes séparés avec la consigne de noter tout ce qui nous arriverait afin de pouvoir le retenir et le commenter ensuite. Oui, décidément, nous étions sur la même longueur d'onde : ce qui nous importait était notre culture générale. Ah les bons garçons !

Un quart d'heure plus tard, j'étais de retour au snack où nous avions mangé ce sandwich immonde en fin d'après-midi. *Un autre ?* m'a demandé le patron. Plutôt mourir, j'ai pensé et j'ai commandé un Pepsi avec un grand verre d'eau, je crevais de soif. J'ai attendu une demi-heure avant de voir la mine réjouie de Jean à la porte. Il s'est assis en face de moi et je l'ai entrepris aussitôt : *Qu'est-ce que tu foutais ? – Ben j'ai pris mon temps. – Ah bon ? Moi, ça a été rapide, vu qu'elle embrassait pas et que je pouvais même pas la caresser sans qu'elle me demande une rallonge. Pas toi ? – Ben non, pas vraiment. J'ai pris mon temps, je te dis. – D'accord, tu as bien fait.* En réalité j'avais passé un moment détestable qui m'avait fait regretter la Paule et son vrai désir, je m'en voulais d'avoir claqué pour si peu de plaisir ces 20 francs qui constituaient la moitié de mon argent de poche mensuel, et je me suis juré de ne plus jamais faire ça avec une femme qui n'en aurait pas envie. De plus j'étais exaspéré par l'air satisfait qu'affichait Jean, et par sa demi-heure humiliante pour moi et mes dix minutes, jusqu'à ce qu'il m'avoue, au milieu de la nuit, alors que nous poireautions, naufragés, au bord de la départementale : *En fait, elle m'a lavé elle-même, au début, et dans la manipulation... enfin c'était fini avant que ça commence, tu vois ce que je veux dire. Ça l'a bien fait rire, moi un peu moins. Mais elle a été sympa et elle m'a proposé, contre une petite rallonge, d'attendre que je sois à nouveau d'attaque. On a discuté, elle m'a raconté qu'elle avait un chien qui adorait le chocolat. – Elle t'a pris combien ? – Elle m'a dit qu'elle aimait l'Italie à cause des glaces que tu trouves là-bas et que tu trouveras jamais en France. – Elle t'a pris combien ? – Elle a un fils de mon âge qui suit une formation pour travailler aux Ponts et Chaussées et figure-toi que ce gars... – Jean, elle t'a pris combien ? – 60 francs.*

L'année scolaire a été ponctuée par l'exploit retentissant de Luce qui a obtenu un 19 à l'épreuve de français du baccalauréat, elle qui pendant l'année n'avait jamais franchi la barre du 10. Quand on lui a demandé comment elle avait réussi ce prodige, elle a répondu : *Introduction, développement, conclusion, c'est le tiercé gagnant, tout est dans la méthode et dans la rigueur, les gars.* Jean et moi avons obtenu le même joli 15, ultime clin d'œil à notre cher Mazin. Lours' et Mara un peu moins.

15

LES PNEUS. LE MATIN D'ÉTÉ.
LA RACLÉE.

Jean, Lours', Luce et moi avions donc imaginé, cet été-là, de monter en Allemagne en auto-stop pour y camper. Chacun de nous quatre a travaillé pendant le mois de juillet pour financer son voyage : Lours' comme moniteur dans une colonie de vacances quelque part au bord de l'Atlantique ; Luce en tant que manutentionnaire dans l'usine de son père ; Jean à la plonge dans un restaurant de Louveyrat ; et moi dans un garage automobile spécialisé dans les pneus.

On m'a donné une grande salopette bleue, des chaussures de sécurité et des gants. J'ai chargé des pneus, déchargé des pneus, transporté des pneus, stocké des pneus, fait rouler des pneus, empilé des pneus, démonté des pneus, mais en un mois je n'en ai pas remonté ni gonflé un seul, mon patron estimant cette tâche au-delà de ma compétence. J'ai aussi balayé le sol, rangé les outils, nettoyé les chiottes. J'ai exécuté toutes ces basses besognes sans rechigner, et sans considérer que ce n'était pas digne de moi. Un gars qui a curé le poulailler des pintades ne craint plus rien. Non, le plus pénible, c'est que cet imbécile m'a appelé *Silvestre* jusqu'au dernier jour, malgré mes rectifications, et qu'il l'a toujours fait sur un ton de reproche, comme s'il sous-entendait : *Qu'est-ce que tu fous, bon Dieu !* Il ne rêvait pas, lui, et l'exploit de Neil Armstrong, le 22 juillet 69, lui a inspiré ce seul commentaire : *Il a pas de pneus, leur module lunaire.*

La veille de notre départ, nous nous sommes réunis chez Jean pour rassembler et vérifier notre matériel de camping. Il a aussi fallu décider qui voyagerait avec qui, puisque nous ne pouvions pas faire de l'auto-stop à quatre. Nous avons tiré au sort et le hasard m'a associé à Luce, qui avait ma préférence, non seulement parce que j'éprouvais beaucoup d'affection pour elle, mais aussi parce que j'escomptais bien l'utiliser comme appât pour arrêter plus facilement les automobilistes.

Mon père m'a conduit à Louveyrat tôt le lendemain matin, pour la rejoindre, et j'ai pu constater que chez les Mallard l'ambiance était survoltée dès le lever du jour. Ils n'avaient besoin ni de préambule, ni d'échauffement : *Fais attention à toi ma chérie... saluez les Boches de ma part... t'oublie pas ma chope... embrasse-moi... tripote pas trop ma sœur, Silvère... hein-ein... envoyez une carte... non envoyez pas de carte... si envoyez une carte... on t'aime, Luce... foutez le camp...*

Mon père nous a déposés au bord de la départementale. Nous nous sommes retrouvés tous les deux, Luce et moi, au petit jour, nos sacs à dos à nos pieds. La campagne étincelait sous la rosée du matin. Les premiers oiseaux chantaient, le soleil pointait derrière la colline. Nous avons éprouvé le même délicieux sentiment de bonheur, la même inédite griserie. Nous sortions l'un et l'autre pour la première fois vraiment de notre cage, elle plus encore que moi. Nous nous sommes regardés et dit l'un à l'autre : *C'est génial, non ? – Oui, c'est génial !* L'amitié entre Luce et moi a cristallisé autour de cet instant-là, un instant parfait je suppose. Nous étions jeunes, pleins de force, confiants. Et libres surtout. Libres.

La perspective de revoir Lours' et Mara dans quelques minutes, de les voir descendre de ce ferry et marcher vers moi, me ravit et m'inquiète, je ne sais pas à quoi m'attendre exactement. L'idée de revoir Luce en revanche me remplit d'une joie sans mélange et me donne par avance envie de rire. J'ai la conviction qu'au moment de nous retrouver, nous serons tous les deux aussi complices que nous l'étions autrefois, sur le bord de cette route, le cœur gonflé de bonheur. Que les quarante ans passés n'y auront rien changé.

Et pourtant nous avons failli mourir, en Allemagne, par sa faute, par la faute de Luce.

C'était au bord d'un lac, en Forêt-Noire. Elle a été enlevée, on peut le dire comme ça, par trois types plus âgés que nous, des motards étrangers. Nous n'avons rien compris, sauf qu'elle n'a soudain plus été là. Un adulte nommé Alfons (ce qui nous aurait beaucoup amusés en d'autres circonstances) nous a conduits dans sa Coccinelle jusqu'aux abords d'un chalet et il nous a dit : *Elle est dedans.* Trois motos stationnaient un peu plus loin, calées sur leur béquille.

Nous avons attaqué le chalet. Sur le perron, Lours'

a été assommé d'un unique coup de casque sur la tempe par un type velu, en short vert. Il s'est effondré et n'a plus bougé. Deux autres Néandertal sont sortis, torse nu, tout en poils et en muscles, leurs bottes aux pieds. Jean et moi avions le choix entre la fuite et le combat. Nous n'avons pas hésité. Après tout, nous avions dédié cet été-là à l'acquisition d'expériences nouvelles. La première s'était intitulée : comment se faire plumer de 80 francs à deux en moins d'une demi-heure ; la seconde pourrait l'être : comment bien se faire casser la gueule en moins de trente secondes.

Rien au monde n'aurait pu nous arrêter. Nous sommes montés à l'assaut, persuadés par avance de notre défaite, mais l'âme exaltée et avec la conscience de notre héroïsme. Pour sauver Luce, ce soir-là, nous aurions donné nos vies.

Ils nous ont repoussés et rossés.

Nous étions au sol tous les deux, recroquevillés dans l'herbe, et ils nous ont roués de coups de pied. Mais le plus touché était Lours' qui, sans porter aucune trace visible du combat, se remettait difficilement du K.-O. qui lui avait été infligé dès la première seconde.

Nous n'avions aucune envie de nous séparer pour le voyage retour, mais il a bien fallu nous y résigner. Le tirage au sort m'a attribué Lours' et c'est à cette occasion qu'il m'a confié vouloir se mettre au karaté. Il l'a fait, sans doute avec le rêve secret de se retrouver en face de son homme préhistorique, sur le perron du chalet, d'esquiver souplement son coup de casque et de lui flanquer la raclée de sa vie, mais ça n'est jamais arrivé, car si on est autorisé à visiter son passé, on ne peut pas le revivre à sa convenance.

C'est aussi à l'occasion de ce voyage retour partagé

qu'un soir nous avons bu trop de bière et qu'il m'a raconté comment il avait trouvé sa mère dans la salle 24 du lycée où elle enseignait. *J'ai juste essuyé sa bouche avec mon mouchoir pour ôter les traces de vomissure, j'ai jeté le mouchoir dans la poubelle et je me suis allongé contre elle. Je la tenais dans mes bras, mais je ne touchais pas sa peau parce qu'elle était déjà froide et que c'était désagréable. Je la tenais à travers les vêtements, tu comprends. Je ne sais plus ce que je lui ai dit, je laissais les mots sortir sans trier. Je crois que je lui ai surtout dit :* Dors, maman, dors, repose-toi… *Parce que je l'avais vue si souvent épuisée. Je lui disais aussi :* C'est fini, tout va bien. *J'étais heureux de lui voir ce visage presque détendu. Même son front n'avait plus son pli habituel. Je suis resté longtemps comme ça, à lui parler et à pleurer, peut-être une demi-heure. Je savais que tout allait se déchaîner dès que j'aurais donné l'alerte et que je ne maîtriserais plus rien. Les adultes prendraient le relais et tout m'échapperait. Mon père attendait mon appel qui ne venait pas et il n'a jamais compris la raison de cette demi-heure. Il n'a jamais pu comprendre que si elle a été le moment le plus terrible de ma vie, elle a aussi été un des plus beaux. Tu bois une autre bière, Silvère ?*

16

LE PETIT POUCET. LE *MAWASHI-GERI*.

Mara, qui avait passé un été médiocre avec ses cousins et sa famille, nous a dédaignés quelques jours, à titre de représailles, puis, quand nous avons commencé à parler d'autre chose que de nos exploits d'outre-Rhin, elle n'a pu résister et elle nous est revenue, si bien que de quatre, nous sommes repassés à cinq. Mais elle n'était plus là en tant qu'amoureuse de l'un ou de l'autre, elle était là comme notre amie, ce qui n'empêchait pas les pensées sous-marines de cavaler. L'avoir au quotidien près de moi, à la toucher, m'était à la fois plaisir et souffrance. J'ai passé cette année-là à la regarder, à guetter ses coins de peau cachés, ses changements de coiffure, de vête-ments, à triompher secrètement quand je la faisais rire, à me réjouir de voler parfois aux autres un instant seul avec elle. En ces rares occasions (je crois qu'elle veillait à ce qu'elles soient rares) nous revivions, les caresses en moins, la complicité partagée dans sa chambre, quelques mois plus tôt. J'avais envie de lui hurler : *Mais tu vois bien qu'on est faits pour aller ensemble, bon Dieu !* Elle se contentait de m'adresser son sourire incendiaire et désolé. Et je mesurais ma perte.

Nous avons donc respecté le pacte tacite, Lours', elle et moi : nous étions des amis. Quant aux deux autres, ils étaient aussi dans ces mêmes jeux de désir et de camouflage, mais je l'ignorais. Avec le temps, je ris de comprendre que notre petit groupe se composait en réalité d'une jeune femme et de ses quatre amoureux (dont une autre jeune femme), mais que nous n'avions pas le droit de trop y penser ni surtout de le dire. Je sais cependant qu'il existait une hiérarchie dans l'amour que nous lui portions et que je me situais au sommet.

Nous avons tout partagé, cette année-là : les fêtes réussies (*allô, maman, finalement je reste dormir ici*) et les fêtes ratées (*on se tire discrètement ?*), les quelques ivresses, les jeux stupides (*on en est à trois chaussures dans l'arbre...*), le froid de l'hiver et les chocolats chauds du Globe, les Pepsi, les cigarettes. Nous avons dormi à cinq dans une chambre, chez Jean, matelas au sol, nous avons fait beaucoup d'auto-stop, nous avons dormi à l'arrière de voitures, nos têtes sur les genoux des autres, contre leurs épaules, nous nous sommes ennuyés, nous avons pris des fous rires, nous avons travaillé les maths, l'histoire, la philo, nous avons fait des crêpes, nous nous sommes étreints, parfois, nous nous sommes confiés, un peu, les deux filles ont pleuré devant nous, nous n'avons jamais pleuré devant elles.

Un samedi matin d'octobre, des cours ont sauté, j'ai quitté le lycée en avance, je n'ai pas pris le car et je suis rentré à la maison en auto-stop. Une voiture m'a laissé au croisement de la départementale et de notre chemin, là où Bobet, etc., et j'ai fini à pied. J'ai entendu l'éclat de voix depuis la cour : *Ne recommence pas !* C'était ma mère. Au lieu d'entrer et de les surprendre en pleine dispute, ce qui aurait été presque aussi gênant qu'en pleins ébats, je me suis réfugié dans le garage de la mobylette, qui jouxtait la maison d'habitation, avec l'intention d'attendre l'accalmie, de regagner discrètement le chemin et de simuler une deuxième arrivée moins intempestive. Mais de là où j'étais, j'entendais très bien. Ils se croyaient seuls et leurs voix portaient : *Tu vois bien que nous ne pouvons plus nourrir nos enfants ; je ne saurais les voir mourir de faim devant mes yeux, et je suis résolu de les mener perdre demain au bois...* Non, je me trompe, ça, c'est *Le Petit Poucet*. Chaque fois que je suis dans la situation d'écouter des gens en cachette, ils deviennent aussitôt dans mon esprit bûcheron et bûcheronne, c'est irrésistible. Là c'était autre chose, bien que la raison de la discorde fût la même : économique.

La voix de mon père tremble : *Je suis con, c'est ça ? Comme mon père ?* Celle de ma mère est tendue, agressive : *Je n'ai jamais dit ça, et laisse ton père tranquille ! – Tu le dis pas mais tu le penses. – Non je pense juste que tu es paresseux. – Paresseux ? Moi ? – Oui, paresseux de la tête. Tu bosses comme un âne du matin au soir et tu as la flemme de te poser la bonne question. – C'est quoi la bonne question ? – C'est : pourquoi je bosse comme un âne et que je ne gagne rien ? – Je gagne rien, moi ? – Si, bien sûr, mais pas en rapport avec la quantité de travail que tu fournis.* Silence. Bruit d'eau qui coule dans l'évier, bruit de casserole qu'on met sur la gazinière. *Évidemment, c'est plus facile pour toi, à la poste, tu auras toujours ta paie à la fin du mois. – Tu me le reproches ? Tu es culotté. Heureusement qu'elle est là, ma paie.* Silence.

Bruit de pas nerveux, de chaises qu'on déplace. *Avec ma paie, je pourrais m'offrir des vacances, une fois l'an, si je voulais... – Eh ben vas-y, prends-les, tes vacances, qu'est-ce qui t'en empêche ? – Arrête ! Tu le sais, ce qui m'en empêche. Tu veux qu'on emmène les pintades à la mer ? Tu les vois, sur la plage ? – Vas-y sans moi, à la mer. – J'y pense. – Ah tu y penses, t'en peux plus de moi, hein, dis-le ! – J'ai pas dit ça, Jacques.*

Ma mère pleure. Long silence. Plus rien ne bouge. Bruit d'un des deux qui se mouche, ma mère sans doute. Elle reprend, plus bas : *Oh bon Dieu, j'aurais pas cru qu'on finirait comme ça.*

Qu'on finirait comme ça ? Comment, comme ça ? Qu'est-ce qui était fini ? Oh là ! J'aurais préféré de loin le texte du *Petit Poucet* : *Tandis qu'ils s'amuseront à fagoter, nous n'avons qu'à nous enfuir sans qu'ils nous voient. – Ah, s'écria la bûcheronne, pourrais-tu bien toi-même mener perdre tes enfants ?* Eh bien oui, moi qui étais l'enfant, j'aurais préféré ça ! Plutôt qu'ils se déchirent, j'aurais préféré qu'ils nous emmènent nous perdre. Je me voyais bien avec Rosine semer sur le chemin, à défaut de cailloux blancs, le contenu de nos trousses : gommes, stylos Bic, compas et rapporteur, et la seconde fois, puisque dans le conte les parents récidivent, la seconde fois donc des mégots de Royale Menthol que les oiseaux auraient fini de fumer. J'imaginais Rosine au cœur de la forêt profonde s'apitoyant sur les loups affamés et les appelant dans la nuit : *Par ici, par ici, n'ayez pas peur, je ne vous ferai aucun mal, je ne mords même pas...* Je l'imaginais aussi essayant de raisonner l'ogre : *Écoutez, monsieur, votre hygiène de vie est déplorable, vous consommez beaucoup trop de protéines, je vois que votre dame entretient un petit jardin potager derrière votre maison, vous devriez…* Je m'imaginais chausser les bottes de sept lieues et enjamber les collines et les rivières en braillant : *We skipped the light fandango-o-o !* Oui, tout mais pas ça, pas ces larmes de ma maman Suzanne d'ordinaire si joyeuse et ces mots dans sa bouche : *J'aurais pas cru qu'on finirait comme ça.*

Ensuite les voix qui montent et les deux qui parlent ensemble : *Tu ne m'écoutes pas quand je parle ! – Si, je t'écoute ! – Non, tu te fous de ce que je dis ! – Et qu'est-ce que tu as à me dire ? Hein ? – J'ai à te dire merde ! Voilà : merde !* Long silence. Pleurs de ma mère. Voix de mon père, un peu plus calme : *Je ne me fous pas de ce que tu dis, vas-y, je t'écoute.* Voix de ma mère, qui à partir de cet instant est inconsolable et ne parle plus qu'en pleurant : *Silvère travaille bien, il va faire des études, Rosine aussi, j'en suis sûre, il va falloir leur payer ça, Jacques. Leur donner la chance de s'en sortir mieux que nous. On y arrivera mais à quel prix ? On devra se priver de tout, et j'en ai pas envie, tu comprends. J'avais rêvé d'autre chose.* Longue plainte douloureuse. Voix agacée de mon père : *Oui je sais, d'opéra, de vacances. Mais quand on s'est mis ensemble, tu voyais bien que je… – Oui, mais je pensais que tu te… je sais pas comment dire, que tu te sublimerais. – Que je me quoi ? – Que tu te sublimerais. Voilà, c'est ça aussi : tu as quatre cents mots de vocabulaire et tu refuses d'en apprendre un de plus.* Cris de mon père : *Arrête ça ! Arrête ça tout de suite ! – J'arrête si je veux ! – Alors continue, mais toute seule ! Tu m'emmerdes avec ton vocabulaire, tes Mozart et compagnie. J'ai autre chose à foutre ! – Jacques, excuse-moi… – Excuse-moi rien du tout ! Tu me fais chier ! Vous me faites tous chier !*

Voilà comment vacille le monde, au moment où on s'y attend le moins. Voilà comment les certitudes sont ébranlées, voilà comment les poutres s'effondrent, voilà comment on devient grand en cinq minutes et quarante secondes. Alors, comme je me tenais debout contre ma mobylette, arrimé au guidon pour ne pas être emporté par cette tempête, je l'ai renversée, ma mob, et je l'ai projetée de toutes mes forces sur des cartons remplis de bouteilles vides en attente d'être jetées. Je l'ai fait de rage, pour arrêter cette mauvaise pièce, ce dialogue insupportable. Mon père, alerté par le fracas, est apparu à la porte dans la minute et nous nous sommes bien menti : *Tu es là, Silvère ? – Oui, je suis rentré en stop, mes cours ont sauté. – Ah bon, et Rosine ? – Elle prendra le car. – D'accord. Ça s'est bien passé au lycée ? – Oui, bien. – Et qu'est-ce que tu fais dans le garage ? – J'ai entendu du boucan, c'est ma mob qui est tombée. – Ah, tu arrives juste, alors ? – Ben oui.* Nous l'avons relevée à deux. Mon père a dit : *Il faut que je te répare cette béquille. Elle tient pas.* Et c'est tout.

Rosine est rentrée à midi et nous nous sommes mis à table tous les quatre comme si de rien n'était. Nous avons même bien ri quand elle a imité un de ses professeurs bourré de tics nerveux. Je me forçais à rire aussi, mais j'avais surtout envie de me lever et d'applaudir les deux grands comédiens Jacques et Suzanne Benoit, capables de passer si vite du drame à la comédie. Mais peut-être qu'ils ne la jouaient pas, la comédie, peut-être que la bonne humeur de leur fille arrivait à point pour les distraire de leur malheur et qu'ils lui en étaient reconnaissants.

En tout cas, ils ne se sont pas séparés et mon père est resté dans la pintade. Je suppose que ma mère s'en est accommodée comme elle a pu, qu'elle s'est convaincue qu'on pouvait survivre sans aller à la mer. La différence pour moi, c'était la faille entrevue et cette révélation douloureuse que ceux qui étaient là pour s'occuper de moi et me protéger avaient fort à faire avec eux-mêmes.

À part en être malheureux, ce qui n'était guère productif, je ne pouvais rien pour eux. Il était temps que je parte.

Je suis parti, donc, après mon baccalauréat.

Jean et moi sommes allés à la même université, à Clermont, et nous avons habité ensemble en colocation pendant trois ans jusqu'à ce qu'il parte à Rennes pour ses études, et moi à Lille. Mais nous avons gardé le lien toute notre vie, comme le font, en principe, des frères.

J'ai revu Luce une ou deux fois durant ces années-là puis je l'ai perdue de vue.

Idem pour Lours', qui est venu nous rendre visite à Clermont et que nous sommes allés encourager à Nantes à l'occasion de son premier tournoi de karaté. Nous avons dormi la veille dans sa petite chambre d'étudiant, sur un matelas d'appoint posé au sol, et pendant une partie de la soirée, il nous a expliqué les subtilités de son art. On ne porte pas un kimono, mais un karaté-gi. Il nous a montré les différentes postures, les techniques offensives et défensives. Il avait belle allure et nous étions persuadés de le voir aller au moins en finale le lendemain. La compétition avait lieu dans un gymnase de quartier. Jean et moi avons pris place dès le matin dans les modestes gradins et attendu le premier combat de Lours' en mangeant nos sandwichs. Il a fallu patienter longtemps avant qu'il ne se présente sur le tatami, dans son beau karaté-gi blanc. Nous avons crié *vas-y, Lours' !*, et il nous a adressé un petit signe de complicité. Son adversaire était aussi grand que lui, mais plus osseux et son air méchant ne nous a rien dit qui vaille. Le tout début de l'assaut a été équilibré, nous a-t-il semblé, mais l'autre a soudain fait un tour complet sur lui-même, levé sa jambe très haut et son pied a atteint Lours' sur la tempe, là précisément où il avait reçu le coup de casque en Allemagne. Notre champion est tombé au sol, d'un bloc, comme un arbre, et il est resté sur le côté, inerte. *Oh non !* avons-nous gémi d'une même voix. C'était le premier tour de la compétition et pour lui elle s'est arrêtée là. Un groupe s'est formé autour de lui, son adversaire lui-même est allé aux nouvelles. Un docteur l'a enfin relevé et conduit, titubant, aux vestiaires. Le soir, entre deux aspirines, Lours' nous a appris qu'il avait été victime d'un *mawashi-geri* parfaitement réalisé, ce qui était quand même moins humiliant qu'un vulgaire coup de pied dans la tête.

Mara est partie vivre à Nice ce même automne. Je lui ai écrit cinq lettres et en fouillant un peu dans mon grenier je pourrais retrouver ses cinq réponses quelque part dans un carton de vieilles correspondances. Dans son dernier courrier elle me faisait comprendre qu'elle avait *quelqu'un*. C'était juste après Noël. Je ne lui ai plus écrit, je ne lui ai plus reparlé, je ne l'ai jamais revue.

À Lille, j'ai rencontré une jeune fille avec qui je suis sorti pendant deux ans. Le premier matin où nous nous sommes réveillés dans le même lit, je lui ai demandé : *Quel âge as-tu, au fait ?* Elle m'a répondu *dix-neuf ans* et j'ai réalisé que c'était l'âge qu'avait ma mère quand elle m'a mis au monde.

17

BACH. L'ABSENCE DE JÉRÔME.
LE CHEVREUIL.

Le fait est qu'avec l'âge on voit mourir autour de soi avec une fréquence accélérée des parents, des amis proches, mais si je fais abstraction du chagrin que cela occasionne, je dois avouer, au risque de choquer, qu'aux mariages je préfère les enterrements. J'ai un petit faible. Les mariages, comme toutes les fêtes supposées joyeuses, ont le don de me plonger dans la mélancolie. La liesse programmée me décourage par avance. Me trémousser sur une piste de danse en faisant semblant d'y prendre plaisir me donne envie de mourir. Cela se termine toujours de la même façon : autour de minuit, à bout de nerfs, je me réfugie dans ma voiture garée sur le parking, je sélectionne France Musique sur l'autoradio et je jouis de ma solitude et de ma tranquillité aussi longtemps que possible, allongé sur le siège, jusqu'à ce que quelqu'un vienne taper à la vitre et me demande ce que je fiche. Je prétexte une fatigue passagère et je repars au combat, la mort dans l'âme.

Les enterrements, en revanche, sont paisibles et profonds, on est rentré chez soi à 18 heures, le lendemain on n'a pas mal à la tête. Et ils sont bien plus reposants, car si on a, par décence, le devoir de paraître triste, rien ne nous oblige à l'être vraiment. Il est très facile de donner ce change-là, alors qu'il est tout à fait épuisant de se forcer à paraître gai quand on ne l'est pas. Un autre argument, imparable celui-là : lorsqu'on célèbre un mariage, on sait qu'il a une chance sur deux de se terminer par un divorce, c'est-à-dire qu'on aura sans doute fait tout ça pour rien, qu'on aura participé à une mascarade. En bref on n'est pas sûr que ça tienne, alors que dans le cas d'un enterrement, si. De plus, et pour finir, la musique d'enterrement est bien meilleure, la plupart du temps, Bach restant pour quelques siècles encore sans concurrent sérieux.

La bizarrerie avec moi, au sujet de la mort, c'est que non content de mes vrais défunts, je m'en invente des faux.

Lorsque ma mère Suzanne est décédée, à l'automne 1989, je l'avais déjà tant pleurée par anticipation, je m'étais joué sa mort tant de fois, le plus souvent en voiture lorsque je roulais seul, que j'en ai été beaucoup moins bouleversé que j'aurais dû l'être. Je m'y étais bien entraîné. Je l'avais apprivoisée, en quelque sorte. J'avais émoussé, en éprouvant leurs piqûres par avance, les aiguilles du chagrin. La voiture est pour moi le lieu privilégié de ce jeu. J'ai dû y verser tant de larmes que cumulées elles pourraient remplir l'habitacle et me noyer.

Imaginer la mort des gens n'a rien de pervers ni

de morbide. Cela procure, après coup, le bonheur subtil de les retrouver fringants alors qu'on vient de les perdre. Combien de fois des êtres chers ont dû s'étonner que je les étreigne avec une ferveur exagérée. Comment auraient-ils pu deviner que je rentrais tout juste de leur inhumation, de leur crémation et que j'étais secrètement bouleversé de les retrouver intacts, plus vivants même qu'avant leur fausse mort ?

J'ai donc enterré *en semblant*, et entre beaucoup d'autres, mes quatre amis de lycée, avec toutes les variantes possibles. Par exemple, on enterre Lours' et les quatre autres sont présents, ou bien Luce, mais il n'y a plus que Jean et moi, ou bien Jean, et nous sommes à nouveau tous les quatre.

Pour Lours', nous nous donnons rendez-vous sur la place, juste avant la cérémonie. C'est quelque part dans l'Ouest, où il est revenu et où il a passé sa vie. Il pleut bien sûr et chacun de nous arrive sous son parapluie, moi mon grand noir avec sa baleine cassée, Jean un petit pliable et les deux filles ensemble sous un trop coloré pour l'occasion. Nous avons dans les quarante ans. Lours' vient de mourir d'un accident de moto. Nous ne connaissons personne et nous restons ensemble au fond de l'église. Ils parlent de *Claude* et nous ne pouvons pas nous y faire, nous ne savons pas qui c'est, *Claude*. Ses amis du karaté sont très présents, ce sont eux qui portent le cercueil. Je suis à côté de Mara. Son coude contre le sien me trouble, parce que c'est son coude à elle et que depuis l'âge de seize ans je suis programmé pour frémir à tout ce qui vient d'elle. Le moment d'émotion, c'est quand le cercueil passe dans l'allée, près de nous, porté par les costauds du karaté, et que Luce murmure : *Au revoir, Lours'*. Nous reprenons tous les quatre *au revoir, Lours'*, nous nous resserrons et nous pleurons ensemble. Nous n'allons pas au cimetière où seule la famille est admise. Nous allons boire un verre au café, et au moment de nous séparer c'est Jean qui ose dire *bon, au prochain...*, s'attirant un coup de poing de Mara qui n'aime pas cet humour. Luce éclate de rire : *Si c'est moi, promettez-moi de pleurer plus qu'aujourd'hui !* Jean lui répond qu'il se forcera et reçoit un second coup de poing.

Oui, c'est Luce la prochaine. Elle est morte de ce qu'on veut, on n'est pas contraint à cette précision dans le scénario. Nous nous retrouvons, Jean et moi, devant l'église où le rassemblement tourne à la kermesse. Les Mallard sont tous présents, pétant la forme, augmentés de leurs oncles, tantes et cousins aussi survoltés qu'eux et venus de partout où on parle fort et beaucoup. L'affliction est spectaculaire : *Pauvre Luce, pauvre Luce ! – T'as des mouchoirs ? – Oui, en tissu. – Pas en papier ? – Non, en tissu. – Y a pas Jérôme ? – Qui est-ce qui a garé sa chiotte comme ça en travers ? Elle va gêner, il va jamais passer, le corbillard ! – Elles sont là, ses sœurs ? – Quel ascenseur ? – Oh putain, Silvère, c'est toi ! Viens qu'on t'embrasse. – Hin hin hin... – Oui, pleure, mon Pat', pleure, ça te fera du bien ! – Elle nous regarde de là-haut, la chieuse, croyez-moi. – L'appelle pas comme ça aujourd'hui, merde ! – Ça lui faisait quel âge ? – Quarante-cinq. – Non, quarante-six, elle était de février. – Non, de mars ! – De février ! – T'as grossi mon cochon ! – De mars ! – De février ! – Y a pas*

Jérôme ? – Le prêtre est bien, mais il marmonne, tu verras, on l'entend pas. – Pauvre Luce, c'est trop tôt, oui, bien trop tôt. – Je me suis mis au squash, j'ai gagné deux crans de ceinture, regarde. – Voilà le corbillard ! J'te dis qu'il va pas passer. – J'en ai de rab en papier, qui en veut ? – Je suis passé par Montluçon. – Très bien, t'as perdu une heure ! – De février ! – De mars ! – Y a pas Jérôme ?

Pour Jean, tout le monde est ressuscité, et nous entrons à quatre dans le funérarium où il repose. Son père nous y accueille. Il est presque plus petit que moi, maintenant. C'est un géant qui s'est rétracté au fil de sa vie. Sans doute a-t-il commencé à se ratatiner le jour où il a bousillé la Dauphine et qu'il s'est enfui. Son métabolisme en a été détraqué, plus rien n'est allé pour lui après ça. À tour de rôle, nous parlons à Jean, qui semble nous entendre et se moquer de nous, on perçoit l'amusement au coin de ses lèvres. Chacun lui adresse quelques mots. Lours' le remercie de sa modestie, Luce de l'attention qu'il portait aux autres, Mara de sa droiture. Moi je le remercie d'avoir été mon ami fidèle. Nous sortons, le soleil donne, je dis aux autres que je dois rendre visite à Jean une dernière fois, seul, que j'ai oublié quelque chose. Me voilà de retour à côté de lui. Je pose mon front contre son front et le remercie encore d'avoir été mon frère, celui que je n'ai jamais eu. Mes derniers mots sont : *Qu'est-ce que je vais faire sans toi ?* Et pour la première fois il n'a rien à me répondre.

Avant de sortir, je remonte son col.

Le scénario le plus triste, mais de loin le plus beau, c'est Mara qui vient de mourir et je m'occupe de tout. Il n'y a ni sa famille, ni aucun de ses amis pour me la confisquer, il n'y a que moi et c'est parfaitement normal, puisque je suis l'homme de sa vie, elle me l'a confié juste avant son dernier soupir. Elle l'a rendu avec moi pour seul témoin dans sa chambre d'adolescente, sa chambre de la maison de Louveyrat dont elle a enfin fermé la putain de porte, pas pour que nous puissions y faire l'amour tranquillement, mais pour qu'elle puisse y mourir en paix sans qu'un de ses deux parents passe sa tête dans l'entrebâillement et lui lance : ça va, ma chérie, tu meurs bien ? Elle ne souffre d'aucune maladie, ce serait trop vulgaire, elle s'éteint sans qu'on puisse rien y faire, de mort naturelle. Son âme s'en va entre ses lèvres qui ont maintenant beaucoup plus que deux plis, car striées de fines et nombreuses ridules. Sur la table de nuit, il y a ses lunettes de vue, ses lunettes de vieille, et un verre d'eau, c'est tout. Elle me demande d'ouvrir le tiroir, je le fais et elle me dit : *Non, l'autre, dessous.* Je l'ouvre et j'y trouve ma gomme, dans son papier d'origine, avec le bout de Scotch d'origine. Elle pose sa main sur mon avant-bras : *Je n'aurais jamais dû te quitter. Personne ne m'a comprise comme toi, ensuite. Ni autant aimée. Tu te souviens quand nous avons nagé dans nos larmes, que mon derrière apparaissait et disparaissait et que tu m'as dit qu'il te plaisait ? J'aurais dû comprendre que c'était toi que...* Elle m'assure encore que tous les hommes qu'elle a connus après moi sont illégitimes et n'ont aucune importance, qu'elle s'en veut de le comprendre trop tard. Je la console, lui dis qu'en effet nous avons eu cette malencontreuse séparation d'un demi-siècle, mais il ne faut pas y regarder de si près, l'essentiel c'est que nous soyons réunis maintenant. Elle est bien d'accord.

Elle meurt dans mes bras. Je la veille trois jours et trois nuits, sans me gêner ni pour manger ni pour boire, ni pour m'assoupir auprès d'elle quand l'envie m'en prend. J'ai allumé des bougies autour de son lit, parfumé l'air de patchouli et mis en sourdine notre musique d'autrefois, Procol Harum bien sûr, et le groupe Aphrodite's Child, bref j'ai fait de mon mieux afin que ce ne soit ni trop lugubre ni trop inconvenant. Quand elle devient presque diaphane, je l'enroule dans son drap et je l'emporte comme un enfant endormi, un bras sous ses genoux et l'autre sous ses épaules, ses épaules graciles et bien dessinées, la première partie d'elle que j'ai eu à contempler, en cours de géométrie. Je gravis la colline au-dessus de Louveyrat, lesté de ce précieux fardeau. Là-haut je creuse à la pelle un trou assez profond, j'y allonge Mara dans son drap. Je n'oublie pas de glisser la gomme dans sa main froide. C'est le crépuscule. Tout près de nous, à moins de cent mètres, un chevreuil se tient sous les chênes-lièges en bordure du bois et nous observe. On distingue la tache blanche sur son museau frémissant.

Je m'agenouille, j'écarte le drap pour contempler une dernière fois son visage et je prononce l'éloge : *Adieu, Mara, adieu mon amour, je te remercie de m'avoir fait don de ta grâce et de ta beauté, je te remercie d'avoir installé dans mon âme d'adolescent des sentiments élevés, et de m'avoir si bien fait bander par la même occasion, je te remercie d'avoir embelli*

le fond d'écran de ma pensée, d'avoir agrémenté ma
mémoire de ton image sans cesse présente (même à
dix mille kilomètres, même après plusieurs décennies),
d'avoir fait rempart à toutes les laideurs du monde,
de t'être interposée entre elles et moi, de m'avoir
ravi, d'avoir dorloté mes oreilles de ta voix adorée,
de ne jamais avoir rien fait contre moi, de m'avoir
accepté sur ta charmante planète...

J'éparpille de la terre sur son visage que le drap
protège. Je fais cela à la main, délicatement, et je
lui demande si ça va, si ça ne fait pas mal. Elle me
dit que non, que c'est parfait. Je comble le trou à la
pelle et quand c'est fini je disperse dessus une poignée
de feuilles d'automne et quelques fleurs blanches qui
poussent là autour et dont je ne connais pas le nom.
Le chevreuil s'est enfui. Je redescends la colline.

18

LE SECRET.
L'AVERSE. LE SECRET.

L'héroïne principale de ce jeu, si c'en est un, a longtemps été ma maman Suzanne, jusqu'à ce jour du printemps 1989 où elle a joué son rôle avec tant de justesse et si intensément qu'il est devenu la réalité. Elle est partie bien jeune, à soixante et un ans. À croire que M. Benoit n'arrivait pas à garder ses femmes, pas plus que M. Seguin ses chèvres. Mais ce n'est pas sa mort ni son enterrement que je veux raconter, c'est ce qui s'est passé quelques jours avant. Il n'était plus possible pour son mari Jacques de dormir à côté d'elle, aussi nous avions installé un lit d'appoint dans sa chambre et nous y passions les nuits à tour de rôle, Rosine et moi, pour soulager notre père que les veilles épuisaient. La combinaison de morphine et de calmants qu'on lui avait prescrits contre la souffrance et l'angoisse la plongeait la plupart du temps dans la somnolence, mais je ne sais par quel processus chimique, sa fantaisie naturelle en était décuplée, et je dois dire qu'elle nous aura bien fait rire jusqu'à la veille de tirer sa révérence.

Cette nuit-là, j'étais assis au bord de son lit, lui tenant la main et lui caressant les cheveux. Rosine, en visite comme moi, dormait dans la chambre voisine, la sienne depuis toujours, mon père en bas dans celle qui avait été la mienne. Ma gorge s'est nouée. *Maman ?* – *Oui.* – *Je te remercie de t'être bien occupée de moi quand j'étais petit...* Je voulais le lui dire depuis longtemps, depuis le début de sa maladie, mais je craignais qu'elle y devine un signe de sa fin proche, ou bien qu'elle se méprenne et qu'elle entende : ... *alors que tu n'étais pas ma vraie mère.* Seulement le temps pressait désormais, et je ne voulais pas me reprocher toute ma vie de m'être tu. Mon émotion était telle que j'ai eu du mal à aller jusqu'au bout de ma phrase : *Je te remercie de t'être bien occupée de moi quand j'étais petit.* J'y suis parvenu et je me demandais bien ce qu'elle allait répondre à ça. Rien peut-être. Elle a laissé passer un temps. Le silence dans la chambre, dans la maison, dans la ferme, était absolu. Il n'y avait déjà plus ni chien ni pintades en ce temps-là, les humains dormaient tous sauf nous deux et c'était une nuit sans vent, une nuit posée. Elle a fait la réponse la plus simple du monde, la plus inattendue, la plus drôle en fin de compte. Elle a dit : *Pas de quoi.*

C'est là que j'ai eu l'idée. Je jure que ce n'était pas prémédité. Je ne suis pas du genre à empêcher les gens de tenir leur promesse, surtout s'ils sont en position de faiblesse, et là il s'agissait plus que de faiblesse, il s'agissait de fin de vie. La quiétude du lieu et de l'instant a fait que les mots ont passé mes lèvres presque à mon insu : *Maman ? – Oui. – Dis-moi : la sixième question, à « Quitte ou double », tu*

*connaissais la réponse ? – Oh, Silvère, s'il te plaît,
non...* J'ai fait mine de lui tordre le pouce : *Allez,
maman...* Elle a ri. *Il me tordrait le pouce, celui-là !*
J'ai dit : *Oui, et d'ailleurs je recommence, tu vois.
– Bon. Ton père dort ? – Oui, il dort. – Et Rosine ?
– Aussi. – Ferme quand même la porte.* J'ai fermé
la porte et je suis revenu auprès d'elle dans l'émoi
de quelqu'un qui est sur le point de percer un secret
vieux de trente-trois ans. Elle gisait sur le côté, paisible, joue contre l'oreiller. Sa voix était très faible,
flûtée, mais stable et sans variations : *Tu l'as bien
fermée, la porte ? – Oui. – Tu as tiré la bobinette,
la chevillette et tout le bazar ? – Oui. – Tu as fermé
« Sésame ouvre-toi » ?* Ses bêtises et ses coq-à-l'âne
la faisaient rire elle-même. *Oui. – Bon. La question
c'était : qui dirigeait... l'orchestre philharmonique
de Berlin... avant Karajan ? – Tu le savais ? – Oui
c'était Celibidache... un Roumain... – J'en étais sûr,
maman, si tu ne l'avais pas su, tu nous l'aurais dit.*

D'après mes souvenirs, elle avait gagné 4 000 francs.
Si elle avait osé dire *double*, elle aurait donc pu en
gagner 8 000, ce qui représentait à l'époque le tiers
de son salaire mensuel. Elle avait dû s'en vouloir
terriblement. *Silvère ? – Oui. – Tu veux que je t'en
bouche un coin ?* J'ai attendu la suite. Que pouvait-elle
m'apprendre de plus ? Je me suis même demandé l'espace d'un instant si elle avait couché avec Zappy Max,
ce qui m'aurait à la fois scandalisé et réjoui, mais ce
n'était pas ça du tout. *La septième... c'était le mois...
et l'année de naissance de la Callas... – Quoi ? Zappy
Max t'a aussi donné la septième question ? – Oui...
il voulait pas mais je lui ai sorti mon sourire de
compétition... celui qui m'a servi pour attraper ton*

père... il y avait plus que nous deux dans la salle...
on était assis sur les chaises du premier rang... – Et
alors ? – Alors quoi ? – Tu savais ? – ... – Maman,
tu savais ? – ...

Elle dormait. J'ai lâché sa main et je me suis
allongé sur le lit d'appoint. Sa voix m'a réveillé
après une heure ou peut-être une minute seulement,
le temps s'étirait drôlement pendant ces nuits-là.
Je me suis relevé, agenouillé au bord de son lit et
j'ai repris sa main. *Oui, je savais... elle est née en*
décembre 1923... le 2... à New York... – Et... la
huitième question, maman ? Il te l'a posée aussi ?
– Oui, il me l'a posée, Silvère... – Et alors ? – Oh,
c'était la plus facile : combien d'actes dans La Belle
Hélène *?... Ah, la belle Hélène...* Elle s'est mise à
chantonner en battant la mesure de son seul index,
ses lèvres bougeant à peine : *Ces rois remplis de*
vaillance-plis de vaillance-plis de vaillance, c'est-les-
deux Ajax... J'ai pensé combien elle était elle-même
encore *remplie de vaillance* alors qu'elle vivait déjà
le début de son agonie et que le combat était perdu.
Elle a continué, s'interrompant parfois pour laisser
filer son rire malicieux : La Belle Hélène... *je connais-*
sais la réponse tu penses... une bonne poire comme
moi... une bonne poire belle Hélène... hi hi hi... après
il m'a posé la neuvième question... il pouvait plus
s'arrêter, ce pauvre Zappy... – Maman, tu connais-
sais la réponse à la neuvième ! – Jure-moi... de ne
pas le dire à ton père. – Je te le jure. – C'était...
je sais plus... je m'en suis jamais souvenue, de la
neuvième... mais je connaissais la réponse, oui...
alors il m'a posé la dixième question... et puis la
onzième... Elle s'est assoupie à nouveau. J'ai tapoté

sa main assez vigoureusement : *Maman, tu aurais su répondre ?* Elle a eu un minuscule hochement la tête puis chuchoté la question, lentement, comme si elle l'entendait à nouveau de la bouche de Zappy Max : *Suzanne, auriez-vous su me dire qui accompagnait... Kathleen Ferrier... au piano... quand elle a enregistré son concert... pour la RAI en février 1951... à Milan ? – Tu le savais, maman ? – Oui... c'était Giorgio Favaretto... bien sûr...* Oui, bien sûr, quel imbécile ignore encore que l'accompagnateur de Kathleen Ferrier lors de son concert pour la RAI en février 1951 à Milan était Giorgio Favaretto ?

J'imaginais Zappy Max et ma maman Suzanne, se murmurant l'un à l'autre questions et réponses, embarqués dans un jeu cruel et fascinant, un jeu destiné à punir les petits curieux de *regrets zéternels*, comme aurait dit Jean.

Il a retourné la douzième fiche, la dernière... mais j'ai posé la main dessus... je voulais plus... il s'est levé... il a boutonné son manteau et il m'a embrassée... il a dit : je n'aurais pas dû, Suzanne... je lui ai répondu : non, vous n'auriez pas dû... on s'est quittés comme ça... je suis allée retrouver ma cousine qui m'attendait dehors et qui se demandait ce que je fichais... c'était fini...

Elle s'est tue. Mon papa Jacques, Rosine et moi avions souvent épilogué sur l'issu de ce « Quitte ou double » mythique, mais nous étions tous les trois restés vissés à cette fameuse sixième question, sans voir plus loin que les parois de notre caverne mentale. Jamais de notre vie nous n'avions imaginé un tel scénario. Je savais désormais : elle avait vécu tout

157

ce temps seule avec cet indicible secret, tout à la fois son triomphe et son désastre.

Maman, tu aurais pu répondre à onze questions !

La chimie a dû se déchaîner à cet instant dans son pauvre cerveau : *Oui, Silvère... à onze questions... comme l'abbé Pierre... ite missa est... dominum vobiscum... tagada tsointsoin... j'aurais pu gagner 256 000 francs... bonjour madame... et je suis revenue avec... 4 000... et un sac de Dop... de berlingots... à laver une fois par semaine... oui 256 millions... avec ça on aurait pu...* dominum vobiscum... Les larmes ont roulé sur les ailes de son nez, sur sa bouche, sur l'oreiller. *On aurait pu donner du caviar aux pintades... du Y a bon Banania... de La vache qui rit... non on aurait pu les virer ces connes... déménager... partir à Bordeaux... à Tombouctou... aller à l'opéra... je savais répondre... à toutes les questions... et figure-toi que j'y suis jamais allée... à l'o... à l'opéra...* Elle s'est endormie, bouche entrouverte, et c'est la première fois que je voyais des larmes couler depuis des yeux fermés.

Je ne peux pas évoquer l'enterrement de ma maman Suzanne sans faire état du tour magistral qu'elle a réalisé cet après-midi-là pour nous enchanter une dernière fois. Notre cortège gravissait le chemin du cimetière sous un soleil printanier. Le ciel était limpide. Pas le moindre nuage en vue, ni à haute ni à basse altitude, ni à l'est ni à l'ouest, nulle part. Il était inutile d'être météorologue pour comprendre que la probabilité de la moindre pluie était nulle. Je marchais à côté de Rosine. Mon père suivait le corbillard au bras de ses petits-enfants. Et soudain nous avons été arrosés, ou plutôt brumisés par une averse magique, une averse légère, étincelante, miraculeuse, presque immatérielle, une averse de conte. Elle a duré une trentaine de secondes. Le temps que tout le monde s'en émerveille, c'était fini. À peine mouillés, nous étions secs. *Signé Suzanne*, a commenté mon père et tout le monde a ri.

Ma grand-mère est morte deux ans après, en 1991, à l'âge de quatre-vingt-dix-neuf ans. Il s'en est fallu de quelques mois seulement pour qu'elle parvienne à réaliser cet exploit rarissime : emmerder le monde pendant un siècle complet. En partant, elle a laissé en héritage à mon père sa maison, dont le toit était à refaire, et la somme qui restait sur son compte bancaire, soit 16 600 francs, qui n'ont même pas couvert ses frais d'obsèques, mais ce qu'il ignore encore aujourd'hui, c'est qu'elle a trouvé *in extremis* le moyen de distiller une ultime perfidie en me révélant ce que je n'avais pas besoin de savoir, qui n'a servi à rien d'autre qu'à enkyster en moi un terrible doute et qui m'a fait souffrir pendant des années.

J'étais de passage chez nous et je l'avais conduite à Louveyrat chez son médecin, visite de routine pour renouveler ses médicaments. Au retour nous sommes donc passés à la pharmacie, puis je l'ai ramenée chez elle. Elle y vivait toujours seule, malgré son grand âge, inoxydable et méchante, à pester contre ses *cons de voisins* et ce *con de facteur*. Elle m'a invité à boire un sirop, c'était l'usage, je ne pouvais pas m'y soustraire. Nous étions donc assis dans sa cuisine, derrière notre sirop de fraise premier prix posé sur la toile cirée, elle n'aurait pas donné un petit-beurre à tremper dedans, la garce. En la regardant, je me disais que j'aurais pourtant aimé l'aimer, cette grand-mère, que c'était un manque dans ma vie, mais elle ne m'avait donné aucune chance. C'est alors qu'elle a lâché : *Tu sais pour Marcel, hein ? Il te l'a dit, ton père ?* Et comme je me taisais, me demandant quelle rosserie elle allait encore me servir, elle a continué : *Tu le sais pas, que ton père c'est Marcel, et pas Jacques ? Il te l'a pas dit ? Oh le vilain !* Ses lèvres serrées mastiquaient à vide un gâteau inexistant, sous la petite moustache disgracieuse. *Eh oui, ils l'ont eue tous les deux, la Jeanne, et toi tu as été bricolé au moment du passage, alors...* Elle jubilait, je suis sûr qu'elle jubilait. Les critiques parlent parfois de moi comme d'un écrivain plein d'humanité. Savent-ils que ce jour-là j'ai été à deux doigts d'écraser sur la table de sa cuisine la tête d'une vieille personne ?

Mon père, fait du même bois que ma grand-mère (mais au cœur plus tendre), vit encore aujourd'hui dans sa ferme, à quatre-vingt-six ans, et il se porte bien. Il ne demande rien, n'embête personne, passe le plus clair de son temps à lire le journal à la loupe, à marcher jusqu'au bout du chemin pour voir si quelqu'un passe sur la route, à se faire des soupes, à les regarder cuire et à les manger. Rosine, qui habite à Louveyrat, passe le voir tous les jours et veille sur lui. Je leur rends visite aussi souvent que je peux.

19

LE PRIX DU JURY. LA PHOTO.
LA PHOTO. LES MAXILLAIRES.

À 18 heures la tache tremblée du ferry apparaît au loin, elle semble longtemps ne pas se rapprocher, mais elle se précise soudain à l'entrée de la baie. La mer étincelle sous le soleil oblique. J'entends déjà la note obstinée du moteur. Le bateau semble aller de travers, mais c'est bien vers moi qu'il se dirige, avec sa coque bleue. Il m'apporte Jean, Lours', Luce et Mara. Je le regarde venir, le cœur battant.

Il accoste, je le vois mais ce pourrait être un rêve et seuls les bruits me convainquent qu'il s'agit de la réalité : celui sourd du contact de la coque avec les pneus d'amarrage, celui bref et sonore de la corde enroulée qu'un employé jette par routine sur le quai.

Quelques voyageurs descendent et l'un d'eux, bedonnant et chauve, me regarde d'une telle façon que je me demande une seconde si c'est Lours'. Je lui souris bêtement, décontenancé, mais il m'ignore et passe son chemin. Je suis soulagé que ce ne soit pas lui. Les miens sont les derniers et ils sont restés ensemble.

Stupeur. Si ce à quoi j'assiste là était un film, intitulé faiblement *Les Retrouvailles des cinq amis*, par exemple, il obtiendrait sans conteste le prix du jury dans la catégorie « Vieillissement des personnages » et la critique s'enflammerait : « Pour une fois, on y croit ! », « On dirait qu'ils ont *réellement* vieilli ! », « Les maquilleuses ont fait des prodiges ! », « L'illusion est bouleversante ! »

En effet.

Ce n'est pas Lours' qui descend du ferry le premier, en short, portant un grand sac de sport en bandoulière, mais un type beaucoup plus âgé et qui ressemblerait au père de Lours'. Il s'avance vers moi, largue son sac et m'ouvre les bras : *Silvère, je suis content de te voir, vraiment !* Quand nous nous détachons l'un de l'autre, je vois que ses yeux sont embués. Je ne me souvenais pas de lui si émotif. Il s'est épaissi, dégarni, il me paraît moins grand qu'autrefois, son visage est plus mobile, plus expressif.

La mère de Luce vient derrière, chargée d'un énorme et vieux sac à dos qu'elle jette au sol pour m'embrasser. Elle est toujours mince et nerveuse, ses cheveux sont courts, une mèche orange éclaire le côté de sa tête, elle porte un jean et une veste de laine colorée. Elle me serre contre elle, me relâche en riant et me dit que je suis très beau. Je lui rends le compliment sans avoir à me forcer, parce qu'elle est réellement pimpante et épanouie.

Mara attend son tour entre ses deux sacs de voyage en cuir. Elle porte un manteau bien coupé et des bottes. Je suis frappé par l'abondance de sa chevelure.

Quand nos regards se trouvent, elle secoue doucement la tête comme pour dire *non, c'est pas possible*, elle fronce les sourcils. Son sourire est mi-tendre
mi-douloureux. Je m'approche et je la prends dans
mes bras. Elle prononce les deux syllabes de mon
prénom. Je prononce les deux du sien. Je me retiens
de l'embrasser sur la bouche, sur ses lèvres toujours
fendues de la même façon. Si nous n'étions que tous
les deux, je le ferais. Elle est restée étonnamment
belle. Elle sent bon.

Afin de me prémunir contre la déception, je me
suis préparé au pire. Je me suis répété que j'allais
la retrouver enlaidie d'une façon ou d'une autre :
grasse, négligée, vulgaire, ou bien sèche, anguleuse
et désagréable. Je m'y suis aidé en pensant à ces petits
êtres délicieux que sont nos enfants et dont on doit
faire un jour le deuil. On dit qu'ils changent, mais
c'est faux, ils ne changent pas : à l'adolescence ils
sont purement et simplement remplacés par d'autres
personnes ! Leurs têtes douces et odorantes, leurs
mains potelées dans les nôtres, l'inconditionnalité de
l'amour qu'ils nous portent, tout cela n'est plus. Et
ne reviendra jamais. Je me suis dit : ce sera ainsi
avec Mara. Celle que tu as aimée, et que tu aimes
encore, avoue-le, n'existe nulle part ailleurs que dans
ton souvenir. Or c'est bien Mara que j'ai là devant
moi, que je viens de prendre physiquement dans mes
bras, par un acte consistant et non rêvé, et à qui je ne
trouve rien à dire que : *Je suis content de te revoir.*
Elle me répond qu'elle aussi est contente de me revoir.

J'ai rêvé à elle des centaines de fois, avec régu-
larité, depuis quarante ans, dans un scénario presque
immuable : elle est avec un autre, qu'elle n'aime pas

163

(comment pourrait-elle en aimer un autre que moi ?) et elle m'adresse un regard de désir, à la dérobée. Seuls varient le décor et la situation.

C'est tantôt au milieu d'une assemblée, à l'occasion d'un cocktail par exemple. Nous devons faire comme si nous ne nous connaissions pas, mais nous sommes aimantés l'un par l'autre et nos regards se croisent sans cesse. Puis vient le moment où quelqu'un nous présente et nous nous serrons la main, tels deux inconnus, ce qui est cocasse et jubilatoire. Et au trouble déjà présent s'ajoute celui, délicieux, de rejouer en public une fiction de notre première rencontre.

Tantôt c'est dans un parc. Elle marche au bras du sale type et elle se retourne pour me regarder fugitivement, de loin, par-dessus son épaule.

Un autre jour je suis assis sur un banc, dans le même parc, et elle passe devant moi à son bras. Ils marchent lentement, comme on se promène, et elle résiste très longtemps avant de regarder dans ma direction, au point que je pense qu'elle va s'en aller sans le faire, mais au dernier moment nos yeux se croisent. C'est fugitif et bouleversant. Ça me laisse comme évanoui.

Souvent, c'est dans une gare. Elle est dans un train qui part et elle dit adieu à un groupe de personnes restées sur le quai. Moi, je me tiens plus loin, en retrait. Elle leur adresse de grands signes, des baisers et des sourires ostentatoires, mais lorsque le train va disparaître, elle s'intériorise soudain, son visage s'emplit de tristesse et c'est moi qu'elle regarde, en bougeant juste l'index et le majeur de sa main gauche.

Parfois elle trompe la vigilance de l'imposteur et me rejoint quelque part, en un lieu improvisé. Nous faisons l'amour, un amour interdit et clandestin (après qu'elle a refermé la porte bien entendu) et elle repart vite. Parfois elle ne peut pas se libérer et il n'y a que le regret partagé, la frustration. Mais c'est toujours intense et fébrile. Un peu désespéré.

Je la regarde. Le temps a ridé son cou et taché ses mains, on n'y échappe pas, et il a ajouté un peu partout sur son corps davantage de chair : aux joues, à la poitrine, aux hanches, aux fesses. Mais il n'a rien enlevé aux plis de ses lèvres, ni à ses yeux et au triple effet qu'ils ont sur moi : brûlure, caresse et noyade, si bien que j'ai la sensation d'être admis à entrer dans mon propre rêve, avec cette différence qu'il n'y a pas le sale type en vue.

Jean s'est tenu en retrait pendant tout ce temps, et j'en oublierais presque de le saluer. C'est lui qui doit venir à moi. Il se moque : *Ça va, grand ? Tu vas t'en remettre ?* Puis il me serre dans ses bras.

Luce intercepte un voyageur et lui demande de nous photographier. Nous nous alignons tous les cinq devant le ferry, hilares, nous tenant par les épaules, sans pouvoir empêcher nos mains de tapoter, de presser, de caresser. Je suis entre Lours' et Mara. Le photographe anonyme en est lui-même ému et quand il rend l'appareil à Luce il lui dit : *Merci, ça fait plaisir à voir !*

On y va ? demande Lours'. *Il est où, notre palace ?*

Ils entassent leurs bagages dans le coffre et sur le toit d'un grand taxi et s'en vont. Je les poursuis à bicyclette aussi loin que possible, encouragé par eux, jusqu'à ce qu'ils me distancent. Ensuite je pédale avec frénésie, comme si j'avais quatorze ans. Dans le virage du calvaire, mon pneu arrière chasse et je suis près de me casser la figure. Le vieux M. Pâques est devant son portail. Je lui adresse de la main, dans mon euphorie, un salut trop chaleureux auquel il répond par un hochement de tête minimal. Pas de doute, c'est bien *branleur* qu'il voulait dire, hier.

Le temps que je mette mon poisson au four, ils se sont distribué les chambres et en sont tous revenus avec du foie gras, du melon, du jambon espagnol… et à boire aussi, plus qu'il n'en faut : du bon vin surtout. La gêne que j'appréhendais n'a pas cours, bien au contraire : on s'amuse du petit bedon de Lours', des cheveux blancs de Jean, de mes lunettes. *Bon, les choses qui fâchent : qui est grand-père ou grand-mère, ici ?* demande Luce à l'impromptu. Tous nos bras se lèvent. Quoi de plus fédérateur que les petits-enfants ? Ça vient juste après les animaux de compagnie. Nous fonçons à nos portefeuilles ou sacs à main et brandissons les photos de nos Jules, Lola et autres Matéo, chacun affirmant que ses rejetons sont les plus beaux. Luce est la plus joyeusement féroce et ne laisse passer aucun défaut : *Il louche, non ? Mais ils lui donnent quoi à manger, ses parents, il est obèse, ce petit !* Puis elle enchaîne : *Bon, moi j'ai pas de petits-enfants puisque j'ai pas d'enfants, mais je peux vous montrer mon mari !* Acclamation générale. Mon whisky et le pineau des Charentes de Lours' ont fait monter la température plus rapidement que prévu. Elle fouille dans son sac et en sort une photo autour de laquelle nous nous agglutinons. *Regardez, c'est dans notre jardin, devant la maison.* Son mari s'appelle Catherine, elle est en maillot de bain deux-pièces, elle tient un tuyau d'arrosage et s'asperge elle-même en parapluie. *Il me plaît beaucoup, ton mari*, dit Jean.

Pas touche ! réplique Luce, et elle lui donne un coup de coude dans le ventre.

Elle a voulu que cela soit posé d'entrée, mais pour nous les confidences viendront plus tard. Ce premier repas n'est pas celui des *que sommes-nous devenus ?*, ni des *qu'avons-nous fait de nos vies ?*, mais celui des *qu'est devenu untel ?* et des *tu te rappelles quand...* Je n'aurais jamais pensé que cela puisse être aussi drôle. Le père Pythagore, notre révolution, l'Allemagne, nos boums foirées et celles trop bien réussies, tout y passe. Nous nous coupons la parole, nous contestons les versions des autres, nous braillons de rire et nous finissons vers 2 heures du matin, les maxillaires ankylosés, saoulés d'exagérations, de souvenirs et de vin.

Mara s'est installée en bas, comme moi. Nous faisons cloison commune, salle de bains commune, et je comprends que j'ai choisi cette chambre, non pas pour laisser celles du haut, les meilleures, à mes amis, mais dans l'unique espoir qu'elle choisirait d'être ma voisine et que nous serions seuls en bas. Elle me dit : *Je fais ma toilette la première et je toque à ta porte quand j'ai fini, d'accord ?* Je suis d'accord. Dix minutes plus tard elle toque à ma porte et me dit que c'est libre. Quand je sors, sa porte est fermée et je n'entends aucun bruit venant de chez elle. L'odeur de son parfum flotte dans la salle de bains.

Ainsi s'achève le premier jour de nos retrouvailles.

20

LA CONDUITE TROP LENTE.
LA CENTAURÉE MARITIME.
LA THÉORIE DE LA MAIN.
LES REGRETS.

Je trouve Luce et Lours' dans la cuisine à 8 heures du matin, occupés à vider le lave-vaisselle. Lours' est pieds nus et en short comme la veille, Luce en pyjama. Lours' tient deux assiettes dans une main, Luce des tasses. Ils sont figés et parlent bas, dans cette attitude des gens qui ont suspendu leurs gestes parce que la conversation a soudain pris un tour plus grave. Je m'approche, je serre la main de Lours', j'embrasse Luce. Elle me dit : *Lours' vient de m'apprendre qu'il avait trois filles mais que son aînée s'est suicidée, tu le savais ?* Je ne savais ni l'un ni l'autre. Je ne sais rien de la vie de Lours'. Lours' confirme de la tête et se remet à ranger les assiettes dans le placard. Je lui dis que je suis désolé. Luce lui demande : *Je peux dire à Silvère pour le permis de conduire ?* Lours' l'autorise. Elle m'explique que Valentine avait dix-huit ans, qu'elle était dépressive et qu'elle venait d'échouer à son permis de conduire.

Je propose à Lours' d'aller chercher le pain du petit déjeuner à Lampaul, à vélo, et nous y partons tous les deux. Je m'habille chaudement parce qu'il fait frais à cette heure, Lours' reste en short et en chemise, il possède ce genre de métabolisme à n'avoir jamais froid. Comme nous pédalons côte à côte en silence, il enchaîne sans préambule sur sa fille : *Il lui a reproché de ne pas conduire assez vite. – Pardon ? – Le type du permis, il a reproché à Valentine de ne pas conduire assez vite. Elle n'avait fait aucune faute. Elle a juste roulé trop lentement.*

Je ne lui demande pas comment elle s'y est prise, si elle s'est jetée du haut d'un quelconque pont *là-bas* de chez eux ou si elle s'est pendue. Je n'ai aucune envie d'installer dans mon cerveau l'image de Lours' dépendant sa fille de dix-huit ans, la prenant dans ses bras et la maintenant soulevée tandis que quelqu'un coupe la corde, ou défait le nœud, avec le temps que cela met. Je lui demande seulement comment il s'en est remis. Il me répond qu'il ne s'en est pas remis, que les gens pensent à tort qu'on sort plus fort d'une telle épreuve, mais que c'est faux : on en ressort plus faible. Je lui demande aussi s'il pense que c'est héréditaire, la dépression, puisque sa mère... Il m'interrompt : *C'est évident, ma mère, ma sœur, ma fille... – Mais ta sœur ne s'est pas suicidée ? – Si.* Et il énumère à nouveau *ma mère, ma sœur, ma fille.* Il me dit encore que dans sa famille, les femmes sont sujettes à cette saloperie qui leur ôte le goût de vivre, qu'on n'y peut pas grand-chose, mais que par chance ses deux autres filles sont épargnées et qu'elles vont bien. L'une est pharmacienne et l'autre travaille à la Ville de Nantes. Et moi, mes enfants ?

Que font-ils ? Je lui fais un résumé mécanique, sans consistance, la tête ailleurs. Je ne peux pas me défaire de cette vision de Lours' et de sa fille pendue. Nous nous taisons jusqu'à la boulangerie de Lampaul et au moment de descendre de vélo, je lui demande sans ambages : *Elle s'est tuée comment, ta fille ?* Il me répond : *Elle s'est pendue. Dans notre garage. C'est moi qui l'ai trouvée. – Tu étais seul ? – Non, ma femme est arrivée aussitôt. J'ai tenu Valentine soulevée et c'est elle qui a coupé la corde. Mais c'était trop tard.* Il sourit tristement et ajoute : *Je te vois venir.* Comme je ne comprends pas, il s'explique : *Tu dois te dire que je suis un spécialiste pour tenir des femmes mortes dans mes bras : ma mère, ma fille...* Je suis tellement troublé que je ne trouve rien à répondre.

Quand nous rentrons avec le pain et les croissants, tout le monde est debout. Mara porte un pull chiné vert pâle et un jean serré, les autres je ne sais pas. Je la regarde discrètement et je la trouve très désirable.

Luce a dû leur dire, pour Lours', on le sent à leur retenue, à moins qu'ils soient encore tout simplement mal réveillés. Mais au petit déjeuner, la bonne humeur générale revient, car le sujet c'est Lours' et le karaté. Il nous raconte combien il avait compté sur sa première compétition officielle, à Nantes, pour nous montrer de quoi il était capable après la dérouillée reçue en Allemagne, et combien il avait été contrarié de se faire casser la figure une deuxième fois devant nous, d'autant plus que nous avions fait un voyage de cinq cents kilomètres depuis Clermont-Ferrand, Jean et moi, dans une Simca 1000 pourrie, pour le voir triompher. *Est-ce que vous savez combien de temps le combat a duré ?* Il répond lui-même à sa question, sous nos hurlements de rire : *dix-sept secondes.* La suite, plus glorieuse, c'est qu'il est devenu ceinture noire et qu'il a gagné de nombreux tournois, mais il n'a plus jamais osé nous inviter, persuadé qu'il aurait suffi que nous apparaissions dans les tribunes pour que la malédiction frappe et qu'il se fasse démolir dès le premier tour, sous nos yeux.

Nous partons en fin de matinée pour une grande balade sur les chemins côtiers, jusqu'au phare du Creach et retour par le nord. Je marche d'abord longtemps avec Luce, et nous parlons de voyages. Elle et sa compagne ont parcouru le monde avec une préférence pour les destinations insolites comme le Paraguay, le Bhoutan ou le Monténégro. Luce me raconte comment elles préparent leur voyage *après* leur retour, c'est-à-dire qu'elles ne le préparent pas. Elles se laissent surprendre et en sont presque toujours récompensées. Elle prétend qu'on peut se rendre n'importe où dans le monde et y trouver matière à s'émerveiller, qu'il y a des gens admirables partout. D'après elle, ce n'est pas la destination qui fait le voyage, mais le voyageur. Je lui objecte qu'elle a sans doute raison, mais qu'entre Venise et Vierzon, quand même... Bien qu'elle milite pour les droits des femmes et que ses documentaires soient tous engagés dans ce sens, elle ne m'impose pas de discours indigeste. Elle est pleine d'humour et de gaieté. Elle me dit aussi qu'elle a beaucoup parlé avec Mara dans la voiture, en venant, et qu'elle a deviné des *strates inconnues* chez elle. *Des strates inconnues ? – Oui. – C'est-à-dire ? – Je ne sais pas, en fait je*

172

me demande si elle a trop à dire ou si elle n'a rien à dire, tu comprends ?

C'est le moment choisi par Mara, qui marchait devant avec Lours' et Jean, pour s'arrêter et nous attendre. Quand nous arrivons à sa hauteur, elle s'accroupit et nous montre une fleur jaune au bord du sentier. *Regardez, c'est une petite centaurée maritime*, dit-elle, et elle la touche du bout des doigts. Je lui dis que c'est un joli nom, mais ce que je trouve joli en réalité c'est le tableau d'ensemble que constituent la silhouette de Mara accroupie, ses cheveux noirs que le vent agite, le vert pâle de la lande, le bleu-blanc du ciel, le silence de la mer en dessous et la parfaite sérénité de cet instant. Nous continuons à trois et parlons de la beauté de certains noms d'oiseaux ou de fleurs, nous en trouvons à tour de rôle, Mara trouve la *fauvette des jardins* et l'*engoulevent*, Luce l'*ancolie* et la *campanule fluette*. Je ne trouve que la *pie-grièche*. Je marche sur l'île d'Ouessant entre ces deux femmes qui prononcent en riant ces noms-là et je me dis que c'est un moment de parfaite grâce. Luce a dû le ressentir aussi, car dès que nous sommes à nouveau réunis tous les cinq, elle dit à Jean qu'il a vraiment eu une idée *gran-di-ose*. Nous sommes tous d'accord et nous l'applaudissons. Il reconnaît modestement que oui, il a eu une bonne idée.

Le soir, Lours' nous propose des joues de lotte à la poêle. Il les a achetées le matin et il s'occupe de tout : il va les préparer, les cuisiner et les servir. Nous n'aurons qu'à boire l'apéritif en attendant, *si ça nous sied*. Ça nous sied. Nous nous affalons sur les fauteuils et les canapés et le laissons à son travail. Est-ce que je me trompe ou est-ce que Mara lève bien le coude ? Je l'ai remarqué la veille déjà : elle ne se sert pas elle-même mais elle ne refuse jamais rien. En revanche Luce est la seule à fumer et elle sort régulièrement sur la terrasse où elle a emporté le cendrier-crapaud.

Tout en sirotant son whisky-Coca, Jean nous expose sa *théorie de la main*. Ça lui est venu la nuit d'avant et il tient à nous en faire part, mais c'est juste un jeu, précise-t-il, rien de sérieux et nous avons le droit de contester. Voilà : Lours' serait le majeur, grand et fort, avec en lui quelque chose de central, quelque chose de l'arbre. Je revois aussitôt Mara accrochée des deux mains à son col, dans le parc municipal de Louveyrat, la tête contre sa poitrine, et la même piqûre de la même jalousie endolorit mon estomac, quarante ans après. Luce serait l'auriculaire, l'électron libre, l'élément *gratteur*. Ça la fait beaucoup rire mais elle est d'accord. Mara serait l'annulaire, harmonieuse et mesurée, protégée. Elle hoche la tête, perplexe, et articule un *mouaif* plus que sceptique. Je repense aux strates évoquées par Luce. Lui, Jean, serait l'index, il ne précise pas pourquoi. Je serais le pouce, qui peut s'aligner à la suite des autres, sur le même plan, mais aussi s'opposer en pivotant pour leur faire face et mieux les observer. Cette idée me plaît beaucoup. Je fais remarquer que dans cette position je leur présente à tous les quatre ma surface la moins protégée, celle dépourvue d'ongle, la plus tendre, sans doute parce que je n'ai rien à craindre d'eux. Il me plaît aussi que Jean m'ait placé près de lui.

C'est émouvant de voir Lours' apprêter nos cinq assiettes avec une minutie d'amoureux. Il est concentré sur sa tâche et y met le meilleur de lui-même. Nous n'avons le droit de toucher à rien, il dresse la table et nous sert ses joues de lotte flambées au cognac. Elles sont à tomber par terre, accompagnées du muscadet apporté de chez lui et gardé au frigo depuis notre arrivée.

Le repas est moins foutraque que celui de la veille, nous parlons de cuisine, de nos habitudes alimentaires, de notre santé et nous constatons que nous faisons plutôt attention à nous : Luce nage, Jean marche, Mara, Lours' et moi pédalons. Nous poursuivons sur l'avantage d'habiter ou non près d'une grande ville, sur nos salles de spectacles, sur nos cinémas, tout cela en accomplissant le tour de force de ne jamais évoquer nos conjoints. Cet accord tacite s'est imposé dès nos coups de téléphone en juin et il perdure. J'ai tout juste appris par la bande que Mme Lours' est secrétaire de direction, que la compagne de Luce enseigne dans un institut pour aveugles, que M. Mara est dans la magistrature, et je ne souhaite pas en savoir plus. Nous ne parlons pas de politique et c'est tout juste si nous savons qui vote quoi. Luce vote à gauche, à l'évidence, elle en présente tous les signes, Jean et moi aussi, depuis toujours, malgré les déceptions. Lours' et Mara pourraient très bien lorgner davantage sur la droite, mais ça ne me gêne pas.

La conversation s'étire ainsi jusqu'à ce que chacun ressente qu'elle est ennuyeuse, que nous ne sommes pas venus pour ça, que nous méritons mieux, et curieusement ce n'est pas Luce mais Mara qui fait sauter le verrou. Alors que Luce et Lours' débattent sur les retards des TGV qu'ils prennent beaucoup l'un et l'autre, elle les interrompt froidement par ces quelques mots : *C'est tout ce que vous avez à vous dire ?*

Malaise.

Nous la regardons, décontenancés par son ton sec, alors que jusque-là nous avons été très bienveillants les uns avec les autres, et surpris aussi du fait qu'elle nous ait mis dans un autre panier que le sien. Elle persiste : *C'est vrai quoi, encore un petit effort et vous allez comparer vos voitures.*

Malaise à nouveau.

Jean réagit le premier : *Tu as raison, et tu voudrais qu'on parle de quoi ?*

Elle se ressert un verre de vin blanc, en vide la moitié, nous sourit et lâche tranquillement : *Mais d'amour, bien sûr ! Voyons, levez le bras, qui est amoureux ici ?*

Luce lève le bras avant même la fin de la question : *Moi je suis amoureuse !*, et elle mime sa compagne sous le jet d'eau en parapluie : *pch-ch-ch...* Jean, Lours' et moi n'avons pas bougé. Jean dit : *Je suis amoureux aussi, c'est juste que je n'ai pas eu le réflexe de lever le bras. Je suis amoureux de ma femme, ça te convient, Mara ?* Lours' dit *idem*, en déposant le plateau de fromages sur la table. Je dis : *Moi aussi je suis amoureux.*

Il y a un silence après lequel Luce propose de trinquer *à nos amours, alors*, mais Mara baisse les yeux, on la devine au bord des larmes : *Pardon, je suis conne. Je n'aurais pas dû vous demander ça. J'ai un peu trop bu. Je bois trop d'une façon générale, vous l'avez remarqué ?*

Tu fais ce que tu veux, Mara, lui dit Jean. *Ici*

personne ne juge personne. Nous sommes amis, non ?
Nous approuvons tous de la tête.

Après cette légère sortie de route, plus personne
n'ose aborder aucun sujet pendant un moment.
J'essaie de nous tirer de ce mauvais pas en disant
que je possède un lave-linge Brandt et que j'en suis
très content, mais ma plaisanterie électroménagère
ne fait rire que Jean qui est bon public avec moi,
par principe.

Vous avez des regrets, vous ? demande Mara. *Je
veux dire des choses que vous avez faites, ou que vous
n'avez pas faites. Et maintenant vous regrettez, mais
c'est irréparable ?* Elle n'est plus moqueuse du tout,
cela ressemble à une plainte, elle fait tourner son verre
dans sa main, quelque chose en elle s'est craquelé.
Si j'osais, je me lèverais et j'irais la prendre dans
mes bras. Luce ne s'est pas trompée à son propos.
De nous cinq, c'est elle, manifestement, qui est dans
la tourmente.

Pour ne pas la laisser seule avec sa question, je
réponds le premier : *Moi oui, j'en ai deux. J'ai deux
regrets.* Tous se tournent vers moi et je ne peux plus
me défiler. *J'ai le regret de ne jamais avoir emmené
ma mère à l'opéra. Elle m'en a parlé sur son lit
de mort. J'aurais pu le faire cent fois. J'avais les
moyens, le temps. Je n'ai aucune excuse. C'est trop
tard.* Je sens que je me suis piégé moi-même, j'aurais
dû me rappeler qu'avec l'âge mon émotivité ne fait
qu'augmenter. Ma gorge s'est nouée. Jean vient à
mon secours : *Oui, la maman de Silvère était un puits
de science en opéras et en opérettes.* Il raconte dans
le détail l'épopée du « Quitte ou double ». Parfois
il me consulte du regard, mais c'est inutile puisqu'il

connaît l'histoire presque aussi bien que moi, et dans sa bouche elle devient même plus drôle que dans la mienne. Il me demande s'il peut révéler le secret à propos des onze questions. Je l'autorise, bien sûr, et il joue cette scène-là aussi, en endossant tous les rôles : il joue Zappy Max autant fasciné que déboussolé, il joue ma maman Suzanne qui lui donne réponse après réponse, il joue ma maman Suzanne qui me raconte l'histoire dans son lit, mourante, et il me joue, moi, qui écoute ma maman Suzanne qui raconte l'histoire dans son lit !

Quand il a terminé, Luce, qui a de la suite dans les idées, me demande quel est mon deuxième regret. J'avais espéré qu'ils l'auraient oublié en chemin, mais non, ils attendent. Alors je dis : *Non, je n'ai pas de deuxième regret, au fond j'ai juste celui-là.*

Le regret de Lours', c'est d'avoir engueulé Valentine la veille de son suicide, pour une histoire de rentrée tardive et d'alcool. Ils se sont violemment accrochés, dans la cuisine. Il lui a dit : *Tais-toi !* Et comme elle voulait encore argumenter et se défendre, il a répété : *Tais-toi !* Durement. Et elle s'est tue. Elle l'avait provoqué, il était fatigué, en colère, il avait eu peur pour elle, tout ce qu'on veut, mais voilà oui : *Tu as dit le mot juste, Mara, c'est irréparable. Je lui ai dit de se taire, vous vous rendez compte. Ce sont les derniers mots que j'ai adressés à ma fille aînée, les derniers mots qu'elle a entendus de son père, ceux avec lesquels elle est partie : tais-toi...* Il promène le bout de son couteau dans le reste de sauce, au fond de son assiette. Personne ne cherche à le consoler puisque c'est impossible, mais nous lui disons tout de même : *Ce n'est pas ta faute, Lours'.*

Il prend son front dans une main et pleure quelques secondes. Le voir pleurer nous fait tous pleurer aussi, silencieusement. Luce se lève, passe derrière sa chaise, l'enlace par les épaules et lui répète : *C'est bon, Lours', c'est pas ta faute.* Puis il se ressaisit, essuie ses yeux avec sa serviette et nous demande si nous sommes partants pour le dessert, il a mis un sorbet au congélateur.

Le regret de Jean, c'est de ne pas avoir fait médecine. Il a compris trop tard que c'était sa réelle vocation, il ne pouvait quand même pas reprendre des études à vingt-six ans et les finir à trente-deux. Il estime qu'il aurait été un super généraliste, à la campagne, au lieu de quoi il a été un professeur moyen, en ville, cherchez l'erreur. Et il a un deuxième regret, c'est de n'avoir eu qu'un seul enfant, il pense que son fils s'est bien emmerdé pendant toute son adolescence. Pour la médecine, je savais, mais pour l'enfant unique, dont je suis le parrain, j'ignorais qu'il se sentait coupable à ce point. Je suis un peu fâché qu'il m'ait caché ça.

Luce n'a pas de regrets, non elle a beau chercher, il ne lui vient que des choses sans importance, ne pas avoir appris la musique par exemple, mais ce n'est pas irrémédiable, elle peut encore s'y mettre. Elle va s'y mettre. À l'accordéon, tiens ! Elle se rappelle seulement avoir eu, quand elle était ado, parfois, un seul regret, mais immense : celui d'être venue au monde. L'année où elle s'est rasé la tête, elle aurait pu faire bien pire : *Je me détestais, je pensais que je ne trouverais jamais ma place nulle part. J'aurais pu faire comme ta fille, Lours'.* Mais aujourd'hui, non, vraiment non, elle ne voit pas.

Nous avons fini le sorbet et nous en sommes aux cafés et tisanes. Il ne reste que Mara. Et toi, Mara, ton regret ?

Elle baisse les yeux et dit, en descendant dans les graves : *Mon regret, c'est de ne pas avoir épousé Silvère Benoit.*

Ainsi s'achève le deuxième jour de nos retrouvailles.

21

LA PLUIE. L'ENVELOPPE.
L'AGNEAU. LA PLUIE.

Le temps a tourné. Dans la nuit, le vent d'ouest a apporté la grisaille de l'océan, mais selon notre voisin, il ne pleuvra pas aujourd'hui. Nous lui faisons confiance puisqu'il est du pays et louons deux vélos de plus pour randonner tous ensemble à l'est de l'île. Finalement Jean ne vient pas, il a mal à un genou et il est un peu fatigué, il préfère se reposer. Il est effondré sur le canapé et gémit son lugubre *battery low...* *battery low...*, puis son classique : *Continuez sans moi, les gars, je ne ferai que retarder l'expédition*. Moi, je l'ai entendu cent fois mais ça fait beaucoup rire les autres. Lours' lui propose de regarder ce genou et de le masser un peu, il refuse.

La matinée se passe bien, nous roulons tantôt de front, tantôt en file indienne, heureux d'être en bonne compagnie, de sentir nos corps libres et encore en état de marche, jusqu'au moment où, vers midi, la pluie se met à tomber dru. Elle nous surprend à découvert et nous trempe avant que nous puissions trouver refuge dans un café ouvert par miracle près du Stiff. J'ai la conviction que le vieux M. Pâques s'est bien foutu des Parisiens. J'ai envie de rentrer *illico*, d'aller le trouver, de lui essorer mon pull sur la tête et de lui dire : vous savez que votre jardin est un foutoir, que vous êtes un con et que vous sentez très mauvais ? Je crois que je commence à détester cet homme.

Je n'ai dormi que quelques heures, sur le matin. La confidence de Mara à mon propos a jeté le trouble dans notre charmante réunion, et le tumulte en moi. Bien sûr elle s'est corrigée aussitôt en lançant *c'est une blague !* et en éclatant de rire, bien sûr nous avons enchaîné sur le même ton et joué à nous marier les uns avec les autres, même entre hommes. Mais ce qui est dit est dit. Pourquoi n'a-t-elle pas fait cette même blague avec Jean ou Lours' ? Pourquoi moi ? Nous avons tous été saisis par l'intensité qu'elle a mise dans cette phrase, la sincérité, *mon regret, c'est de ne pas avoir épousé Silvère Benoit*, et par la profondeur de sa voix. Elle est rentrée en elle-même, elle a parlé comme si nous n'avions pas été là, et comme si moi, l'intéressé, j'avais été absent ou mort. Or j'étais là, bien présent et vivant, à deux mètres d'elle, équipé de mes yeux pour la regarder et de mes mains pour la toucher. Nous avons tous pensé : ou bien elle est une fabuleuse comédienne, ce que nous ignorions, ou bien elle a livré le fond de son âme. Dans les deux cas, comme aurait dit Luce, elle mettait à jour des strates inconnues.

J'aimerais lui demander ce qu'elle a vraiment sur le cœur, mais pas devant les autres.

Le patron nous a laissés seuls, après nous avoir servi du thé brûlant que nous sirotons autour de la table de bistrot en attendant que nos vêtements sèchent sur le dos des chaises. La conversation est plus commode à quatre qu'à cinq, moins dispersée. Nous parlons de Jean, puisqu'il n'est pas là, et tous s'accordent à trouver qu'il est la personne la plus fiable qu'on puisse imaginer, qu'il y a un grand confort à le côtoyer. Je ne peux pas dire le contraire puisque je le pratique depuis cinquante ans : nous avons affronté Mazin ensemble, nous sommes allés nous déniaiser ensemble à Clermont-Ferrand, nous avons cohabité plusieurs années, je suis son témoin de mariage, il est mon témoin de mariage, je suis le parrain de son fils, il est le parrain de ma fille aînée, nous avons partagé en famille des années de vacances si on les cumule, j'ai assisté à l'enterrement de sa mère, il était à celui de la mienne. Nous n'avons jamais réussi à nous fâcher sur rien. Je leur confie qu'il m'a sauvé d'un grand péril, un jour de printemps à Montréal. Ils veulent en savoir plus, bien sûr, surtout Luce, qui est plus curieuse que la moyenne.

C'était à l'automne 2001 et je vivais depuis dix ans déjà avec en moi le poison de ce doute instillé par ma grand-mère : de qui étais-je vraiment le fils ? J'en ai parlé à Rosine, qui a failli s'en évanouir de stupeur. Une semaine plus tard, elle m'a appelé au téléphone, m'a avoué qu'elle avait été bouleversée par cette révélation et demandé si je souhaitais connaître la vérité ou si je préférais continuer à vivre dans l'ignorance. Je lui ai répondu que je passais par des phases : tantôt je brûlais de savoir, tantôt je ne voulais plus. Elle m'a alors expliqué qu'en France les tests de paternité par l'analyse d'ADN ne pouvaient être effectués que dans un cadre légal bien défini, mais qu'au Canada, par exemple, c'était une procédure très simple : il suffisait d'adresser les échantillons à un laboratoire et de payer. Or je devais justement me rendre à Montréal pour mon travail. Rosine a prélevé un peu de salive dans la bouche de notre père, sous le prétexte d'une analyse médicale, et quelques cheveux sur le col de sa veste ; j'en ai fait de même sur moi. Nous avons envoyé le kit par la poste, et une semaine plus tard je m'envolais pour l'Amérique.

Dans l'avion qui traçait au-dessus de l'océan, au milieu des passagers endormis, je ne pensais pas à la conférence qui m'attendait là-bas, ni à la lecture que j'allais donner, je ne pensais qu'à ceci : j'allais découvrir, de l'autre côté de l'Atlantique, quel homme un soir de septembre 1951, soit plus d'un demi-siècle plus tôt, dans un lit ou à l'arrière d'une voiture, dans un pré ou dans un bois, l'après-midi ou au cœur de la nuit, avec douceur ou rudesse, avec hâte ou patience, en parlant ou sans rien dire, avait mis dans le ventre de Mlle Jeanne Roche, dix-huit ans, la petite graine qui deviendrait moi. Après les révélations de ma grand-mère, j'avais sondé mon père, mais le faire parler de ça était impossible. Il me distillait des informations vagues, au compte-gouttes, puis coupait court en disant : *Pardonne-moi, mais ton oncle n'était pas très intéressant, je m'entendais mal avec lui*. J'ai profité d'un après-midi libre, à Montréal, et je suis allé au laboratoire qui était rue Sherbrooke. Ils ont soigneusement vérifié mon identité et m'ont remis l'enveloppe qui contenait les résultats du test, puis je suis rentré à mon hôtel avec ça dans la poche intérieure de ma veste, avec sur le cœur le nom de mon père.

Je ne crois pas m'être jamais senti aussi désemparé

de toute ma vie. Je suis resté assis au moins une heure sur le fauteuil de ma chambre, incapable de me décider. Rien de ce que j'avais appris jusque-là, rien de mon intelligence ne m'aidait à répondre à cette question simple : devais-je ouvrir cette enveloppe ou non ? Et plus je me torturais à peser le pour et le contre, plus j'étais gagné par le doute et la confusion. D'un côté la terreur d'apprendre que j'étais le fils de mon oncle, cet homme détesté. De l'autre la promesse d'une douce certitude : j'étais bel et bien le fils de Jacques Benoit, un homme qui était ce qu'il était mais à qui je portais une affection profonde. J'étais seul au monde. Alors j'ai eu le réflexe d'appeler Jean.

Je l'ai réveillé. Avec le décalage horaire, il était 2 heures du matin en France. J'ai entendu la voix ensommeillée de sa femme à côté de lui : *Qui c'est ?* Il a répondu : *C'est Silvère, de Montréal, dors.* Il m'a fait patienter un peu, le temps de se rendre dans la salle. Je lui ai expliqué ce que j'étais en train de vivre et le désarroi total qui était le mien. Il m'a demandé si j'avais ouvert l'enveloppe. Je ne l'avais pas fait, elle était là devant moi, sur la table basse, avec son contenu de dynamite. Il n'a pas réfléchi longtemps. Il m'a dit : *Fous ça à la poubelle, Silvère, tu m'entends.* Le ton était brutal et définitif. Jamais il ne m'avait parlé comme ça. J'ai raccroché, je suis descendu dans la rue, j'ai marché jusqu'à ce que je trouve une poubelle assez profonde pour que je ne puisse plus y récupérer quoi que ce soit sans être obligé d'y plonger entièrement et j'y ai jeté l'enveloppe déchirée en huit. Mon soulagement était si grand que j'en ai pleuré en marchant pour regagner mon hôtel. J'avais le sentiment d'avoir échappé d'extrême justesse à un terrible accident qui m'aurait laissé infirme et dolent pour la vie, au lieu de quoi j'allais librement, le corps intègre et le cœur léger. Le lendemain j'ai envoyé une carte postale à mon père, une vue du Mont-Royal dans sa splendeur d'automne. D'ordinaire je concluais : *Affectueusement, Silvère*. Pour la première fois, j'ai précisé *affectueusement, ton fils, Silvère*, ce que je fais toujours, depuis.

Mara m'a écouté avec une attention particulière. Elle me dit : *Moi, je n'ai aucun moyen de savoir, pour aucun de mes deux parents, alors ça me rassure de constater que quelqu'un qui peut savoir y renonce. Merci, Silvère.* Je n'avais pas pensé à ça, mais son raisonnement est juste.

Jean nous fait la surprise d'avoir commandé un ragoût d'agneau cuit à la motte. La table est mise et la marmite trône au milieu, culottée de noir comme si on venait de la retirer des décombres après un incendie. Le vélo nous a creusés et nous la vidons entièrement. Nous buvons sec, aussi, du vin rouge, et nous retrouvons avec plaisir l'ambiance survoltée du premier soir. Luce est en grande forme et fait le show en nous racontant ses fiançailles calamiteuses avec un homme qui la poursuivait jour et nuit, et vainement, de ses ardeurs. Jean enchaîne dans le même registre avec cette mère d'élève qui le harcelait sans vergogne. Pourquoi est-ce si drôle dans sa bouche ? Peut-être parce qu'il n'est pas très beau et qu'on a du mal à l'imaginer comme un objet de convoitise ?

La fin de soirée est plus tranquille. Nous passons côté salon, le hasard de la conversation nous amène à évoquer ces périodes de nos vies tellement dépourvues d'intérêt qu'elles ont sombré dans l'oubli et qu'on ne sait tout simplement plus ce qu'on a fait de ces semaines, de ces mois, de ces années même, de ces centaines et de ces milliers d'heures. On serait stupéfait de se revoir dans certains lieux oubliés, en train de parler à des gens inconnus, de faire des choses qui ne nous ressemblent pas. Mara a pris une posture abandonnée dans le fauteuil, ses jambes sont repliées sous elle, son avant-bras est sur l'accoudoir et sa tête repose dessus. Ses yeux se ferment parfois. Elle porte une jupe noire et un pull rose, les autres je ne sais pas. Elle parle avec la voix ensommeillée et mono-corde d'une personne sur le point de s'endormir, elle murmure : *Oui... peut-être qu'on trouverait ça indis-cret... comme si on espionnait quelqu'un d'autre... en cachette... jusqu'au moment où on se rendrait compte que c'est nous.* Je tressaille car j'ouvrais la bouche pour dire très précisément cela. À cet instant, je ressens le même élan vers elle, la même complicité que dans sa chambre, quand nous avions seize ans, et que j'en étais bouleversé. Rien n'a changé.

Nous nous couchons tard une fois de plus, malgré la fatigue, nous ne nous sommes pas vus depuis qua-rante ans, nous ne savons pas quand sera la prochaine fois, ni même s'il y en aura une, alors nous avons du mal à nous séparer. Jean s'est endormi sur le canapé. Nous lui mettons une couverture et le laissons là, il se réveillera quand il se réveillera, et il regagnera sa chambre.

Après sa toilette, Mara vient toquer à ma porte : *C'est libre.* Cette intimité me trouble. Je lui succède dans la salle de bains. Quand j'en sors, il me parvient

187

de chez elle quelques petits chocs, peut-être un tiroir qu'elle referme ou un objet qu'elle pose sur sa table, un bruissement d'étoffe, un bruit de pages qu'on tourne puis plus rien. La pluie tapote doucement la vitre d'un Velux, à l'étage, et chaque *ploc* de chaque goutte me touche au cœur. Je reste là, une minute environ, ému, comme en suspension, entre nos deux portes, hésitant à frapper. Je finis par regagner ma chambre.

Ainsi s'achève le troisième jour de nos retrouvailles.

22

LE SCORPION.
LES CŒURS RÉJOUIS.
LE MATELAS PAR TERRE.

Le temps ne s'est pas amélioré et nous partons, à pied cette fois, et bien équipés contre la pluie. Nous passons devant la maison de Joseph Pâques, qui sort pour nous saluer, dans la même tenue que le jour de mon arrivée : mêmes bottes, même pantalon, même chemise et même odeur, forcément. Il doit s'ennuyer ferme et toute occasion de bavarder lui est bonne, tant pis si c'est pour se faire engueuler. Je ne veux pas le décevoir sur ce terrain et je l'apostrophe : *Vous nous avez bien conseillés, hier, dites donc ! On est rentrés trempés comme des soupes !* Il garde les mains dans les poches et me répond négligemment que c'est la faute de Météo France, qu'il les a écoutés, parce que lui, personnellement, il n'y connaît rien, au temps. Je remarque qu'il lorgne Mara sans se gêner, à la façon de quelqu'un qui n'a rien à faire du jugement d'autrui, qui fait provision de fantasmes pour ses longues nuits solitaires et pour qui ce qui est pris est pris. Il la

189

détaille du haut en bas avec un sans-gêne déconcertant. Je ne conseillerais pas à notre petite camarade d'aller chercher de la moutarde ou un tire-bouchon chez lui après 22 heures.

Nous prenons le sentier qui surplombe la mer. Elle est grise et calme. Il n'y a pas un souffle de vent. Jean s'est trompé en me disant au téléphone et pour m'allécher : *On se racontera ce qu'on est devenus.* En réalité nous n'en faisons rien. C'est plus subtil que ça : nous procédons par petites touches qui finissent par dessiner le paysage de chacun.

Ainsi Mara me raconte-t-elle comment elle a été piquée par un scorpion dans l'Atlas et comment on l'a portée trois heures sur les épaules avant de trouver du secours, parce qu'il ne faut pas s'agiter lorsqu'on a du poison dans le sang. Qui l'a portée ? Son mari. Enfin son premier mari. Elle a vécu dix ans là-bas avec lui, au Maroc. Voilà qui éveille en moi des sentiments contradictoires. La jalousie d'abord : comment un autre que moi a-t-il eu le culot de prendre ma place et de sauver la vie de Mara en jouant les Indiana Jones dans le djebel ! Je suis son héros, tous mes rêves le disent ! C'est moi et personne d'autre qui aurait dû traverser la montagne, tomber, me blesser, me relever, aller au bout de mes forces, bref : faire pour elle ce qu'aucune bête au monde n'aurait fait ! En revanche, la remarque qu'il s'agit de son premier mari me remplit d'aise : ce sale type ne lui convenait pas. Pas plus que le suivant ne lui convient, j'en suis certain. Ce doit être un vieux débris, un austère pharisien amateur de pelouse tondue à l'anglaise et de mots croisés niveau 6. Quels qu'ils soient, les hommes qui ont partagé sa vie sont tous des usurpateurs, des seconds couteaux, des erreurs d'aiguillage, comme l'étaient autrefois les pitoyables cousins de l'Atlantique et leurs amis. Elle le sait bien, Mara.

J'apprends que Luce et Mara ont lu tous les livres que j'ai écrits ou presque. Luce en l'espace de trois mois, depuis juin et nos coups de téléphone, elle appelle ça *sa séance de rattrapage, pour ne pas avoir l'air trop bête quand on se reverrait.* Elle me dit m'avoir reconnu à cent pour cent, même dans les fictions les moins réalistes, que ça doit venir de mon *disque dur.* Mara, à ma grande surprise, m'a suivi depuis le début et sans cesse. Elle me parle d'une page qui l'a touchée, *tu sais, dans le dernier, celle où tu parles du vent ?* Elle me dit qu'elle l'a même recopiée et apprise par cœur. Est-ce que je veux qu'elle me la dise ? Non, je ne veux surtout pas.

Lours' n'a rien lu et il en est désolé. Il ne lit pas de romans. Mais il se rattrapera, promis. Lequel est-ce que je lui conseille pour commencer ?

Jean est hors-jeu. Il a tout lu, y compris les manuscrits non publiés. L'ennui avec lui, c'est qu'il est inconditionnel : il aime tout de moi, même quand c'est mauvais. Il m'a toujours plaisanté sur cette double existence que je mène : celle que je vis et celle, rêvée, de mes fictions. Il m'a même parfois mis en garde devant le risque qu'il y avait à confondre les deux, à ne pas maîtriser ce savant tuilage.

Le soir, nous allons dîner ensemble dans ma crêperie du premier jour. La patronne me reconnaît et m'adresse un sourire complice. Je suppose qu'elle est soulagée de me voir encore vivant et même mieux que ça : en bonne compagnie.

Au retour Luce nous apprend qu'elle fait partie d'une chorale. Elle a apporté un enregistrement, est-ce que nous avons envie d'écouter deux minutes ? Bien sûr. *Ce sont des cantates de Bach*, dit-elle. *Une captation faite par une amie, en concert, à Besançon. Ne faites pas attention aux bruits parasites : chaises, raclements de gorge, etc.* Nous nous installons côté salon et elle glisse le CD dans le lecteur. Nous nous attendons à une modeste prestation d'amateurs et, surprise !, nous sommes saisis par la beauté des voix d'hommes et de femmes qui se mêlent, harmonieuses et puissantes. *Erfreut euch, ihr Herzen !* chantent les choristes. Réjouissez-vous, les cœurs ! Oui, nous nous réjouissons ! Nous nous réjouissons d'être ensemble, silencieux pour une fois, réunis par cette messe, par cette musique céleste qui élève nos âmes, alléluia ! *Est-ce que j'arrête ?* demande Luce après deux cantates. Nous protestons à quatre voix : *Oh non ! Laisse ! C'est superbe !* Nous écoutons jusqu'au bout, c'est-à-dire presque une heure, pendant laquelle nos regards se croisent, se perdent, se retrouvent. Nous nous sourions parfois. Jean s'endort sur un fauteuil et nous nous moquons de sa bouche ouverte. Mara occupe la même position abandonnée qu'hier, cette fois elle porte un jean et un pull-over écru.

C'est notre dernière soirée tous ensemble.

Dans la nuit je me réveille et je me lève pour aller aux toilettes. Je fais le moins de bruit possible, mais quand je sors de la salle de bains, Mara est là, dans le dégagement, immobile. Elle est vêtue d'un pyjama-short beige et d'un haut assorti. Ses cheveux noirs lui tombent sur les épaules. Elle ressemble à une guerrière domestique. Ses jambes sont restées très jolies, à peine plissées au-dessus du genou. *Tu as toqué à ma porte ? – Non, je n'ai pas toqué à ta porte.* Elle fronce les sourcils : *Ah bon, j'ai bien entendu, pourtant, trois petits coups nets. – Non, je te jure, ce n'est pas moi.* Je suis en caleçon et T-shirt. Elle me dévisage avec l'air de penser que je mens très mal. *Bon, alors bonne nuit. – Bonne nuit.* Elle capte la demi-seconde que met mon regard à remonter de ses pieds nus sur le carrelage jusqu'à ses cheveux défaits, en passant par ses jambes, son bout de ventre exposé, ses seins qui poussent le tissu du pyjama. Elle s'amuse de mon trouble : *Tu veux visiter ma chambre ? – Visiter ta chambre ? D'accord.* Je la suis. Nous y voilà. Elle me fait la visite comme convenu : *Voici l'armoire.* Je considère l'armoire avec l'intérêt maximal qu'on peut porter à une armoire. *Voici la table.* Je réponds que oui, c'est la table, c'est *incontes-table*. Je suis fier de moi, Jean n'aurait pas fait mieux. *Voici la chaise.* Je n'ai rien à opposer à cela, j'opine du chef et je poursuis : *Et ça, c'est la fenêtre je suppose ? – Oui*, approuve-t-elle, *c'est la fenêtre, bien observé.* Silence. Hochements de tête. *Et ça, c'est la lampe de chevet ? – Oui, je l'ai coiffée d'une serviette parce que l'ampoule est trop puissante. – Bien joué. Et ça, c'est... le lit ? – Oui, Silvère, c'est le lit, mais il est trop mou, alors comme tu vois, j'ai posé le matelas sur le sol.* Silence. Je fais deux pas vers elle et je la prends dans mes bras, sans serrer. Je respire ses cheveux. Elle pose ses mains à plat sur mon dos, sur chacune de mes omoplates et nous ne bougeons plus pendant un moment. J'essaie de profiter d'elle par tous mes sens, mais surtout ceux du toucher et de

l'odorat, de me concentrer là-dessus et de rester calme.
Nos deux poitrines se joignent. Je me dégage un peu
et lui donne un baiser sur la bouche, sur les deux
fentes verticales : *C'est celui que je ne t'ai pas donné
sur le quai, à cause des autres.* Elle rit. Je lui dis :
Tu n'as pas changé. Elle me dit : *Arrête.* Elle pose
sa tête contre mon épaule, m'embrasse à nouveau.
Et là se produit un événement dont j'avais toujours
pensé qu'il appartenait au domaine de l'imagination,
du fantasme, dont j'étais convaincu que je mourrais
sans l'avoir vécu dans ma vraie vie d'homme vivant :

Je me trouve, moi Silvère Benoit, de sexe mascu-
lin, dans la même chambre que Mara Hintz, de sexe
féminin (ô combien), nous venons de nous embrasser,
elle me repousse doucement et… elle va fermer la
porte, elle va fermer cette putain de porte.

Les couples légitimes s'aiment dans leur lit, très
bêtement, mais les amants s'aiment dans les trains,
dans les bois, sous les ponts, *contre les portes de la
nuit*, et… sur les matelas par terre. Nous nous allon-
geons sous les draps encore chauds de son corps et
je lui demande si elle est sûre que c'est bien, ce que
nous faisons. Elle dit qu'elle ne sait pas. *Attends.
J'ai apporté un petit cadeau pour toi.* Elle se lève
et va prendre quelque chose dans un de ses deux
sacs. C'est un CD qu'elle sort d'un boîtier neutre et
qu'elle glisse dans un lecteur posé par terre près du
matelas. Elle s'allonge auprès de moi, tend le bras
pour presser le bouton. Un petit temps d'amorce et ça
commence : les longues notes d'un piano ponctuées
des lourdes percussions de la batterie, puis la voix de

Gary Brooker : *We skipped the light fanfango-o-o…* C'est comme une main qui m'empoigne le ventre et serre. Ces quelques accords suffisent à nous transporter instantanément plus de quarante ans en arrière, fabuleuse machine à remonter le temps. Plus qu'un souvenir, c'est un état retrouvé. Nous sommes dans la grande chambre de la maison des Hintz à Louveyrat, cette ferme sans pintades. Nous avons seize ans, nos deux âmes éperdues se cherchent, se trouvent. Nos corps luttent entre le oui et le non. J'ai souvent réécouté cette mélodie depuis, avec chaque fois la même émotion, mais vivre cela avec Mara près de moi, ses mains dans les miennes, décuple la nostalgie. Nous fredonnons les paroles que nous connaissons par cœur : … *turned cartwheels 'cross the floor… I was feeling kind of seasick…* jusqu'au bout. Quand c'est fini, nos yeux sont emplis de larmes. *Si les autres nous voyaient ! – Les autres dorment. Oublie-les.*

Sur le CD elle a compilé d'autres titres : *Nights in White Satin* des Moody Blues, *All You Need Is Love* des Beatles, *Days of Pearly Spencer* de David McWilliams et quelques autres. Ils défilent en boucle et nous les chantons ensemble, nous avons retenu l'intégralité des textes, chaque détail de l'orchestration, chaque articulation, chaque deuxième voix. Nous nous souvenons aussi de presque tous les mots que nous nous sommes dits tel ou tel jour dans tel ou tel endroit, et de toutes les situations : dans les couloirs du lycée, dans la cour, au Globe, nous nous rappelons les gestes que nous avons faits, ce que nous avons ressenti. *Tu es venue un jour chez moi, sur ton Solex, et je… – Tu travaillais dans le poulailler. – Oui, tu m'as surpris et j'ai eu tellement honte. – Je sais.*

*J'ai vu. – C'est pour ça que tu t'es éloignée de moi,
après ?* Elle secoue la tête. *Non, Silvère, je me suis
éloignée de toi parce que tu me faisais peur. Je t'ai
dit la vérité. Je me suis sauvée. – Et Lours' ? Il ne te
faisait pas peur, lui ? – Non, il était très reposant en
comparaison !* Elle rit. Je me force à faire de même.
Il est 4 heures du matin. La lampe tamisée par la
serviette nous éclaire faiblement. J'ai froid. Je vais
chercher un sweat-shirt dans ma chambre.

Quand je reviens, Demis Roussos pousse sa déchirante plainte : *Rain and tea-ea-ea-rs.* Nous éclatons
de rire tous les deux. Je me redresse pour vérifier que
la Tanlette n'est pas là, dans cette chambre, vissée
derrière son bar, mais non, nous sommes seuls. *I need
an answer of love o----ooohhh...* Nous rions encore
mais nous sommes déchirés de nostalgie.

*Si tu savais comme j'étais amoureux de toi, Mara.
– Je le sais Silvère, tu me l'as dit, le dernier jour,
tu m'as dit : « je suis follement amoureux de toi ».
Je ne l'ai jamais oublié. Et je suis bien obligée de
reconnaître...* Voilà qu'elle pleure. Cela tord son beau
visage, elle le cache dans ses mains que je caresse
doucement. Après longtemps elle les écarte et me
sourit. *Excuse-moi.* Ses yeux démaquillés et rougis
sont plus noyade que brûlure, à présent. Elle achève
sa phrase : *Je suis bien obligée de reconnaître que
personne ne m'a parlé comme ça depuis. Je ne me
rendais pas compte. Je pensais que c'était normal
qu'on me parle comme ça. Or ce n'est pas normal.
Je le comprends un peu tard. Personne ne m'a plus
jamais dit : « Je suis follement amoureux de toi. »
C'est la plus belle chose qu'on m'ait dite, Silvère,
et j'ai passé ma vie à attendre que cela arrive à*

nouveau. On m'a dit beaucoup de choses mais jamais plus de cette façon et jamais plus avec ces mots : « Je suis follement amoureux de toi », jamais. – Et Lours', il n'a pas su ? – Non, Lours' ne parlait pas. C'était une montagne. Les montagnes ne parlent pas. Quand je l'ai laissé, il est juste arrivé à me dire qu'il était « un peu déçu ». Nous rions. Elle passe la main sous son oreiller, y prend un mouchoir, se mouche, pleure encore. Je lui demande si elle est heureuse. Elle ne sait pas ce que ça veut dire. *C'était une bêtise avant-hier ? Tu n'aurais pas voulu te marier avec moi ? – Oui, c'était une bêtise. Enfin une demi-bêtise. J'aurais peut-être dû me marier avec toi, oui. Je ne sais pas. Comment savoir ? Dieu sait ce que nous serions devenus ? Alors que là, tu vois, c'est parfait. Tu ne trouves pas que c'est parfait, comme ça ?* J'approuve sans conviction et je lui demande de remettre *Rain and Tears. Tu étais amoureuse de moi, quand même, un peu ? – Oui, mais toi, c'était de la rage, je me demande bien ce que j'avais pour déclencher ça. – Ce que tu as. – Quoi ? – Pas « ce que tu avais », ce que tu as. – Arrête, Silvère, ce que j'ai, c'est soixante-deux ans. – Vous ne les faites pas, madame. – Arrête, s'il te plaît.*

Je lui dis que tout ça, c'est à cause de ses yeux, et je lui rappelle le jour de la gomme et comment elle m'a exécuté en les plantant dans les miens. Je lui affirme qu'il y a eu deux événements dans ma vie : celui de ma naissance et celui où elle s'est retournée, en cours de mathématiques, et qu'elle m'a traversé de ses yeux noirs. Je le lui jure. Je lui dis que je l'ai aimée d'un amour éperdu. Ça la fait pleurer encore. Elle éteint la lampe et me dit : *Viens.*

Je cherche dans sa peau d'aujourd'hui sa peau d'autrefois, je cherche dans son souffle d'aujourd'hui son souffle d'autrefois, je les trouve je les perds, elle fait de même, nous nous fouillons, nous nous caressons, nous nous unissons, à peine contrariés par nos mollesses et nos plis. Il n'y a pas de blocage de mains ni de blocage d'aucune sorte. Parfois, pendant quelques instants miraculeux, nous sommes rendus à ce que nous étions, le passé est notre présent, le temps perdu se rattrape.

Je rejoins mes pénates avant le matin, je n'ai aucune envie que les autres me voient sortir de la chambre de Mara. La maison dort. Dans le dégagement, entre nos deux portes, le silence est parfait, rompu seulement par les gouttes de pluie qui tapotent toujours mais de loin en loin, avec moins de cadence, la vitre du Velux, à l'étage : *ploc... ploc... ploc...*

Ainsi s'achève le quatrième jour de nos retrouvailles.

23

LA BANDEROLE.
LA TROMPETTE. JEAN.
LE REPAS ÉQUILIBRÉ.

Voilà un moment délicat mais savoureux : vous partagez un petit déjeuner avec un groupe de personnes parmi lesquelles se trouve celle avec qui vous venez de passer la nuit mais cela doit rester secret.

Malgré tous nos efforts, Mara et moi avons l'impression de brandir au-dessus de nos têtes une banderole de six mètres portant l'inscription « *Nous avons couché ensemble !* », et chaque fois que nous nous regardons c'est comme si nous nous mettions à jouer très fort de la trompette. Comment font les autres pour ne pas comprendre ?

Lours', Luce et Mara s'en vont aujourd'hui. Ils prendront le ferry de 17 heures. Jean me tiendra compagnie jusqu'à demain et moi je resterai un jour de plus, jusqu'à samedi.

Les trois partants rangent leur chambre, préparent leurs sacs, font un peu de ménage pour se donner bonne conscience, puis nous pédalons tous ensemble jusqu'à Lampaul où nous rendons les deux bicyclettes louées. Nous revenons à pied et la longue balade ressemble à un lendemain de fête. Cela tient de la gueule de bois sans avoir bu. Quelque chose est retombé, remplacé par autre chose de moins tendu, de plus fatigué et plus mélancolique. Les conversations s'espacent. Mara marche devant avec Lours', ils vont côte à côte et poussent l'un et l'autre leur vélo. Je ne vois que leur dos. De quoi peuvent-ils bien se parler ? Je marche derrière, entre Jean et Luce, qui est la seule encore vive et loquace. Elle nous raconte comment elle et sa compagne ont retapé une ferme, les fuites d'eau dans le toit et la symphonie des gouttes qui tombaient de très haut la nuit. Elle imite si bien la gamme des *ploc !*, les graves, les aigus, les sonores dans les seaux vides et dans les seaux pleins, qu'on s'y croit. J'adore qu'on m'embarque ainsi dans une histoire et je lui en sais gré parce que pour ma part je n'ai plus rien à dire. J'ai hâte de pouvoir me taire, j'ai hâte qu'il ne reste plus que Jean avec qui les heures ont le droit d'être silencieuses.

À midi nous mangeons les restes, vidons une dernière bouteille de vin rouge, buvons un dernier café. Luce fume une cigarette sur la terrasse en compagnie de Mara. Le taxi est là à 14 heures. Une fois tous les bagages chargés, et mon vélo sanglé sur la galerie pour que je puisse rentrer avec, Jean nous dit qu'il ne viendra pas au port avec nous, qu'on y aille sans lui, qu'il n'aime pas les séparations. Il prend tour à tour dans ses bras Mara et Luce, avec le souci évident de ne pas s'attarder, et il finit par Lours' qu'il étreint un peu plus longuement. Ils promettent de se revoir, de ne pas laisser passer quarante ans. Nous montons dans le taxi, Lours' s'assoit devant avec ses grandes jambes, je suis derrière entre Luce et Mara, et quand nous nous retournons pour saluer Jean par la vitre nous voyons qu'il est déjà rentré.

À mon retour, une heure plus tard, je le trouve endormi sur le canapé, sous une couverture, là où j'étais le premier soir, lorsque je voyageais dans mon passé et que je tentais d'imaginer ce que seraient nos retrouvailles. Elles sont presque achevées maintenant. Je tâche de ne pas faire trop de bruit en débarrassant la table, côté cuisine, jusqu'à ce que sa voix me parvienne :

— *Ils sont bien partis ?*

— *Je croyais que tu dormais.*

— *Je somnole.*

— *Oui, ils sont bien partis et ils m'ont chargé de te remercier encore. Luce a pleuré. Tu aurais vu leur chorégraphie pour me dire au revoir : ils étaient alignés sur le pont, Lours' entre les deux filles, et ils agitaient leurs bras, bien synchro, et lentement, comme ça...*

Je passe côté salle pour lui montrer, il jette un coup d'œil sans bouger la tête et se force à sourire. Je retourne à la cuisine.

— *Moi aussi je te remercie, Jean. On aurait dû faire ça plus tôt. Quoique. Peut-être que c'était le bon moment, après tout. Je suis surtout heureux de n'avoir été déçu par personne. J'ai eu très peur, je peux te l'avouer maintenant, que l'un des trois fasse tout foirer.*

— *Lequel des trois ?*

— *Je ne sais pas. Lours' qui serait devenu trop*

beauf, Mara trop bourge ou Luce trop folle. Mais tout le monde a été parfait. Ça a dépassé mes espérances. Une belle histoire, une histoire sans méchants, sans trahison, sans règlement de comptes, sans conflit ! Dans un roman, ça ne passerait pas. Tu m'entends ?

— *Je t'écoute, oui.*

— *Je trouve même que Lours', en particulier, s'est bonifié. Il est plus fragile, plus accessible. À l'époque il m'impressionnait un peu trop, peut-être. Quant à Luce elle est incroyable. Elle mourra centenaire et jeune. Et qu'est-ce qu'elle est drôle ! J'ai adoré quand elle imitait les gouttes dans le seau.*

— *Et Mara ?*

— *Quoi, Mara ?*

— *Comment tu l'as trouvée ?*

— *Je l'ai trouvée très bien.*

— *Viens me voir.*

— *Comment ?*

— *Viens me voir ici.*

Je m'essuie les mains au torchon et je le rejoins, certain qu'il sait, qu'il nous a vus ou entendus cette nuit et je prépare déjà ma défense. Ce que nous avons fait n'était pas dans l'esprit, je le reconnais. Heureusement que ce n'est arrivé qu'à la fin du séjour, sans quoi nous aurions tout fichu par terre.

— *Assieds-toi là.*

Je m'assois sur le fauteuil, celui que Mara s'est approprié soir après soir.

— *Tu peux mettre le CD de Luce ? Elle nous le laisse, il doit être encore dans le lecteur.*

Je me lève, je lance la musique, pas trop fort, et je reviens m'asseoir près de lui. Je m'apprête à lui expliquer que ce n'était pas prémédité, avec Mara, que nous nous sommes croisés par hasard dans la nuit, et que ça s'est imposé. Nous nous sommes conduits comme deux ados en voyage scolaire à l'étranger, tu vois, Jean, deux ados qui se rencontrent dans le couloir, à 3 heures du matin, avec ce sentiment de liberté. Qui peut lutter contre cette force ? Je lui dirai aussi que j'attendais ça depuis plus de quarante ans, pas depuis quinze jours, alors il faut comprendre, et que si j'attends quarante ans de plus ça me mènera à la centaine ! Bon d'accord je suis plutôt vert et en bonne forme, mais quand même…

— *Je suis malade.*
— *Pardon ?*
— *Je suis malade.*

Au moment où il prononce ces trois mots, je ressens ce fugace vertige, ce vacillement de la conscience qui accompagnent les quelques annonces, trois ou quatre seulement dans une vie, mais qu'on n'oublie jamais. On se rappelle qui nous les a faites, dans quel lieu, dans quelles circonstances, à quelle heure de la journée, on se rappelle le ton de la voix : *Votre fils a eu un accident… Je te quitte… Votre mère est décédée.* Je le savais depuis le premier jour, que Jean était malade. Il le porte sur lui. Il est amaigri, fatigué, ses cheveux sont ternes, son teint plus gris que d'habitude. Je ne l'ai pas relevé de peur que les mots ne se transforment en réalité, et les trois autres, qui ne l'ont pas vu depuis si longtemps, n'ont pas pu remarquer la différence. Cela saute aux yeux pourtant, quand j'y repense : il s'est endormi cinq fois sur le canapé, il a renoncé à deux sorties alors qu'il n'a pas plus mal au genou que moi. Il doit avoir un kilo de médicaments dans le tiroir de sa chambre et il les prend en cachette pour ne pas nous inquiéter.

— *Tu es malade comment ?*

— *Je suis malade gravement. Une vilaine bébête.*

— *C'est-à-dire ?*

— *J'ai un cancer du pancréas.*

— *Depuis quand ?*

— *Comment le savoir. Je l'ai.*

— *Tu vas être opéré ?*

— *Non. C'est trop évolué. Je fais de la chimio. Je suis entre deux cycles, là... J'en ai profité.*

Il touche un petit relief sous sa chemise :

— *J'ai un cathéter sous la clavicule, ici.*

— *Tu savais déjà en juillet quand tu m'as appelé ?*

— *Oui. J'essaie de revoir les gens. Je fais ma tournée d'adieu. « J'aurais voulu être un arti-i-i-iste. »*

— *Jean, arrête, merde !*

J'éclate en sanglots, ça n'a pas prévenu. C'est sans doute parce que j'ai dormi deux heures, la veille, qu'il y a eu cette nuit, puis les adieux au port, que tout ça m'a fragilisé. C'est aussi parce que je viens de nous revoir assis sur les marches de l'étude, Jean et moi, ce premier soir à l'internat, avec nos blouses, tous les deux bien paumés, bien seuls et bien inquiets, à la recherche l'un de l'autre déjà, je revois son mouvement pour me laisser la place à côté de lui, cette place que je n'ai plus quittée. Nous avions onze ans, putain ! Et maintenant il est allongé là devant moi et il me dit ça. Je m'essuie les yeux avec mes manches, je m'excuse. Lui n'a pas bronché, il s'est endurci sans doute, ces derniers mois, il s'est habitué, il lui en faut davantage.

— *Tu n'as pas voulu le dire aux autres ?*

— Pour quoi faire ? Pour gâcher la fête ? Non, c'était mieux comme ça. Ils sauront toujours assez tôt. Et ça vous fera l'occasion de vous revoir d'ici peu, à mon enterrement.

— Jean, arrête !

Je suis furieux contre lui. De quel droit siffle-t-il la fin de la récréation ? Car cette histoire des enterrements que je préfère aux mariages, c'est une plaisanterie bien sûr, une coquetterie d'intellectuel ! La vérité c'est que la plupart des morts sont parfaitement insupportables, celles des enfants surtout et celles de ceux qu'on a beaucoup aimés. Elles nous laissent à jamais inconsolables et nous rapportent à notre propre destin. À chaque enterrement c'est un peu au sien qu'on va. Les mariages, en revanche, même ratés, même pathétiques, même les pires, célèbrent la vie, enfin ils essaient. Et d'ailleurs la chenille, c'est assez drôle dès lors qu'on a un petit coup dans le nez, non ? Oui, je suis très en colère contre Jean. Je lui répète : *Arrête !* J'ai envie de lui dire qu'il commet là une faute impardonnable, qu'il n'a pas le droit de nous laisser comme ça, de nous abandonner. Mais, au fait, qu'attendre de plus d'un type dont le père écrase des Dauphine et s'enfuit ? Je pourrais lui envoyer ça dans les dents pour l'obliger à ravaler ce qu'il vient de me dire et que je n'accepte pas.

C'est reparti. Je suis incapable de stopper mes larmes. Je vais à la recherche de mouchoirs en papier, je n'en trouve nulle part et je reviens de la cuisine avec un rouleau entier de Sopalin, ce qui le fait rire. J'en arrache des feuilles que je trempe les unes après les autres et je me fais tout expliquer depuis le début, j'ai besoin de connaître les détails : comment le médecin le lui a annoncé, avec quels mots, avec qui il était à cet instant-là, ce qu'ils ont fait après, la succession des rendez-vous, le protocole, les effets secondaires, s'il dort la nuit ou s'il doit prendre des calmants, comment il en parle à sa femme, à son fils, si ses petits-enfants savent. C'est le seul moment où l'émotion le rattrape, quand il est question de ses deux petits-enfants. Je lui demande s'il y a une échéance et je n'en reviens pas de poser la question aussi facilement.

— *C'est une affaire de mois. Au mieux six, mais ça m'étonnerait.*

— *Jean, merde !*

Le CD de Luce est fini. Jean me dit qu'il se sent bien, là, reposé, qu'on peut aller faire un tour, si je veux.

— *À vélo ou à pied ?*

— *À vélo, c'est moins fatigant, à condition qu'on reste sur le plat.*

Nous nous équipons et partons au hasard à l'intérieur des terres, sur des chemins que nous n'avons pas explorés avec les autres, nous roulons côte à côte, très lentement, nous essayons de parler d'autre chose mais ça sonne tellement faux que nous revenons toujours à sa maladie. Nous croisons quelques piétons ou cyclistes, leurs *bonjour* ou *bonjour messieurs* nous atteignent comme dans un rêve. Le temps s'est remis au beau. À la pointe du Pern, nous descendons de nos vélos et les faisons tenir debout, en équilibre l'un contre l'autre, je les photographie et nous nous asseyons sur la lande. La mer percute les rochers et les recouvre d'écume blanche, nous entendons sa rumeur. Nous ne rentrons qu'à la tombée de la nuit.

— *Qu'est-ce qu'on mange ?*

— *Spaghettis au beurre, reste de kouign-amann et bière. Ça te va ?*

— *Très bien. Très équilibré.*

Ce soir-là, tout compte, tout notre petit commerce domestique : nos menus déplacements dans la cuisine, les frôlements, les mots ordinaires, le souci que nous avons de ne pas nous exposer au silence, l'attention que nous avons l'un pour l'autre, cette délicatesse.

À l'étage, dans la chambre qu'a occupée Lours', il y a un grand lit deux places. Je demande à Jean s'il veut qu'on y dorme tous les deux, en tout bien tout honneur. Il est d'accord. Dès que nous avons éteint, il pose la main sur mon bras et la laisse.

Ainsi s'achève le cinquième jour de nos retrouvailles.

24

LE BRUIT.
LES FANTÔMES. LE BRUIT.

Je suis réveillé au milieu de la nuit par trois coups frappés au rez-de-chaussée, à la porte de ma chambre ou à celle de Mara peut-être. Or il n'y a en principe plus personne en bas. Jean est à côté de moi et le reste de la maison est censé être vide. *Tu as entendu ?* Jean me répond que oui, et il ajoute : *J'ai entendu la même chose la nuit dernière, j'ai pensé que c'était toi qui frappais à la porte de Mara. – Ah bon ? Et pourquoi pas elle à la mienne ? Tu estimes ça hors du champ des possibles ?* Nous rions, mais le mystère reste entier. Je me lève et je descends prudemment, éclairé par la seule lumière de mon téléphone portable. Tout est calme, en bas. Aucune trace d'aucun visiteur. À moins qu'il n'ait filé le temps que je descende. La porte d'entrée, dont personne d'autre que nous ne possède la clé, est fermée. Je remonte et fais mon rapport. *Personne n'a la clé, sauf M. Pâques,* suggère Jean, *sauf M. Pâques à qui le propriétaire a peut-être remis un double, au cas où.* Il ose avancer l'hypothèse : *Tu as vu comme il lorgnait Mara, le vieux cochon ? Les yeux lui en sortaient de la tête.* J'avais aussi remarqué mais je doute. *Tu ne vas quand même pas imaginer que ce type oserait venir ici la nuit pour frapper à la porte de Mara en espérant qu'elle lui tombe dans les bras ! Il est vieux, moche, il pue. Et d'ailleurs elle est partie, maintenant.* Il me répond que le bonhomme ne sait pas qu'elle est partie, que tout arrive, qu'il suffit de lire les faits divers. La fenêtre de Mara est sur l'arrière, elle donne chez lui, il a pu apercevoir la belle par hasard derrière les carreaux et la localiser dans la maison. S'il est fou et pervers, ce qui n'est pas exclu, il est capable de faire ça, de prendre ce risque insensé : entrer la nuit dans une maison étrangère occupée par cinq personnes dont trois hommes, et aller frapper à la porte de cette femme qui l'obsède. *Soit,* dis-je, *imaginons qu'il l'ait fait. Comment expliques-tu alors qu'il se soit enfui, qu'il ne soit pas allé au bout de son idée ? – Je ne sais pas, il a peut-être paniqué. – Ce qui ne l'aurait pas empêché de recommencer cette nuit ?* Je suis perplexe mais Jean a la conviction que le vieux M. Pâques a bel et bien éprouvé à la vue de Mara un foudroyant regain de libido et qu'il en a perdu la tête.

Le ferry de Jean part à 8 h 30, ce qui nous jette tôt hors de notre lit commun. Ce matin il est très fatigué. Il reconnaît qu'il a trop tiré sur la bête pour faire bonne figure depuis dimanche. *Je prends la drogue qu'on donne aux soldats en mission et aux cyclistes du Tour de France, et avec ça j'arrive tout juste à me traîner jusqu'à Lampaul, oh misère !* Il ne déjeune pas et reste échoué sur le canapé tandis que je fais son sac.

L'embarcadère est envahi par une centaine d'écoliers survoltés malgré l'heure matinale. Ils nous confisquent l'instant mais c'est aussi bien comme ça puisque Jean n'apprécie pas les effusions et moi non plus. *Ça ira, dans le train ? – Ça ira. Je dormirai. J'ai mes médicaments. – Danielle vient te chercher à la gare ? – Oui.* Une accolade, sans trop de pression à cause du cathéter, un signe de la main en se retournant tandis qu'il s'éloigne et ça suffit. Nous nous reverrons bientôt de toute façon. J'irai le voir dès la semaine prochaine. La dernière image que j'ai de lui c'est celle d'un vieil homme malade entouré d'enfants braillards et que l'employé du ferry aide à franchir les quinze centimètres de vide entre le quai et le bateau.

Je n'aurais pas dû programmer cette dernière journée et cette dernière nuit, seul sur Ouessant. Mon idée était que j'en profiterais pour écrire, mais je vois maintenant combien elle était stupide, et combien elle l'est d'autant plus maintenant. Je ne suis capable ni d'écrire, ni de lire, je peux juste marcher sur le sentier côtier, revenir, m'asseoir une heure et repartir, regarder la mer, rentrer, manger les restes des restes, écouter le CD de Luce, boire un thé, repartir. La maison résonne des voix de Lours', de Luce et de Mara, et leurs fantômes s'y promènent de pièce en pièce. Je sais que je ne les reverrai plus, non parce que c'est impossible mais parce que je ne le souhaite pas. Surtout sans Jean. Je n'ai aucune envie de faire la connaissance de Mme Lours' ni de la compagne de Luce, sans parler du sale type qui se croit le mari de Mara. Je veux bien les revoir, les trois, mais alors dans les mêmes conditions qu'ici, sans leurs conjoints, et dans vingt ans au moins, si nous sommes encore en vie.

Dans la chambre de Mara, le matelas a été replacé sur le lit, les draps sont en boule par terre, je les presse contre mon visage, les respire et les repose.

Je vais dîner à la crêperie de Lampaul, comme au premier soir, mais mon paysage mental n'est plus le même. L'image omniprésente de Mara a cédé du terrain, elle est remplacée par celle de ce grand garçon maigre qui s'appelle Jean, qui ressemble à un oiseau mais un oiseau au regard doux, qui est plus que mon frère et qui va mourir. Je l'entends encore au téléphone : *J'ai eu l'idée comme ça.* Bravo l'artiste ! Tu nous as bien promenés ! Un peu trompés, peut-être, un peu menti, mais si bien promenés ! L'île était belle, nous avons beaucoup ri et passé ensemble des moments délicieux, dans l'ignorance de ton mal, dans l'innocence. Nous avons célébré notre amitié en continu, pendant cinq jours, dans une douce euphorie, du lever au coucher, sans fausse note. Et toi Jean, à quoi pensais-tu pendant ce temps ? À jouir autant que possible du simple bonheur qu'il y avait à être vivant ? À l'être encore ? À ne rien perdre de tout ce qui s'offrait à tes sens : le bruit de nos voix et de nos rires, le goût des bonnes choses que nous avons mangées, le découpé de nos silhouettes sur fond de ciel ? Étais-tu tout de même dans l'effroi, à certaines heures, à l'idée de ce qui t'attend ? Était-ce parfois trop lourd ? As-tu été à deux doigts de nous le dire ? Et, au fait, as-tu un troisième regret, en plus des deux que tu nous as confiés ? Non, je n'en ai aucun, dirais-tu, juste celui que tout cela finisse.

Le soir, je reste allongé sous une couverture, sur le canapé, comme au premier jour, afin que la boucle soit bouclée. L'œil accroché au même détail du papier peint, je goûte le silence, qui est d'ordinaire mon allié, mais après moins d'une heure, comme il se peuple d'idées noires, je regagne à l'étage le grand lit où j'ai dormi avec Jean.

Vers 3 heures du matin, je me réveille, j'allume pour lire un peu et je sursaute : on a frappé à nouveau. Ce sont les même trois coups, précisément : un premier sonore, le second et le troisième plus faibles, comme si l'auteur en corrigeait le volume pour ne pas trop attirer l'attention. Le premier est isolé : *toc…* ; les deux derniers sont plus rapprochés : *toctoc.* Je ne bouge pas. Vingt minutes plus tard cela recommence. Cette fois je bondis, j'enfile juste un pantalon et des chaussures, j'attrape au vol une lampe de poche et je me rue dehors. C'est allumé, chez Pâques. Je trottine jusqu'à sa maison, je me fraie un chemin dans le capharnaüm de son jardin et j'appelle : *Monsieur Pâques ? Ça va ?* Je frappe à sa porte. *Monsieur Pâques ?* Il ne répond pas. Je m'avance jusqu'à la fenêtre éclairée, sa chambre sans doute. *Monsieur Pâques ? C'est moi, votre voisin.* Silence absolu. Je me rends compte que je tremble de froid, en T-shirt sous le crachin, et je rentre avant d'attraper la mort.

Ainsi s'achève le sixième et dernier jour de nos retrouvailles.

25

LA SCIATIQUE. LE DÉPART.

Quand je reviens chez lui le lendemain matin, jour de mon départ, il me crie de l'intérieur que sa sciatique l'a travaillé toute la nuit et qu'il ne peut pas bouger de son lit. Comédie ? Alibi ? Je lui demande si je peux l'emmener quelque part, appeler quelqu'un, un docteur. Non, ça va passer, il a l'habitude, je dois juste déposer la clé sur la table. J'entre donc dans sa sombre bauge et je suis saisi par l'odeur de pieds, de chou et de chien alors qu'il n'a pas de chien. La porte de sa chambre est entrouverte mais je n'ose pas m'y aventurer de peur de le trouver couché sur le sol au milieu de ses reliefs : arêtes et ossements d'oiseaux, de petits mammifères, sans même parler de ses déjections, peut-être, dans un coin de la pièce. *Vous êtes sûr que je ne peux rien faire pour vous ? – Sûr ! Y a rien à faire. Ah si, mettez-moi dans votre prochain roman ! – Vous le lirez ? – Non, je lis pas, mais mettez-moi quand même, je m'appelle Joseph Pâques. – C'est d'accord. Je vous caserai ! – Avec la sciatique ? – Avec la sciatique, c'est promis ! Mais je vous arrangerai peut-être un peu, il ne faudra pas vous vexer.*

– Non non, allez-y, au contraire. – Vraiment, même si je parle de vos visites nocturnes ? – Comment ? – Vous êtes bien venu chez nous, cette nuit. Et les nuits d'avant. Qu'est-ce que vous vouliez ? – Non, je suis pas venu. Pourquoi je serais venu ? – Pour voir Mara. – Pour voir qui ? – Non, rien, laissez tomber. Je vous mets la clé sur la table. Je m'en vais comme ça. Décidément je partirai sans avoir rien compris à cet homme.

Je prends le ferry de 11 h 45, sous le même soleil que le samedi précédent, mais il y a davantage de passagers. Je me tiens debout contre le bastingage, mon sac à mes pieds, pendant toute la manœuvre pour sortir du port, puis de là je regarde s'éloigner Ouessant et ses côtes dansantes. Je ne pense pas revenir jamais sur cette île.

26

LE VIN CHAUD. LES MAILS.

Jean meurt fin novembre et je suis fasciné de voir comme son enterrement ressemble à celui de sa mère, vingt et un ans plus tôt. Même village, même froid glacial, mêmes petits nuages de vapeur devant les bouches à chaque parole échangée. Ne manque que l'église, puisque Jean ne croyait pas et qu'une messe serait une mascarade. Au cimetière, plusieurs personnes prennent la parole pour lui rendre hommage. Sa femme m'a sollicité pour cela, puisque j'étais *son ami le plus cher, tu le sais Silvère ?*, mais je lui ai dit que j'en étais incapable, que je n'arriverais pas au bout de ma première phrase, que j'étais trop émotif. Elle comprend. Son père, qui est encore en vie à plus de quatre-vingt-cinq ans, est bien présent. Il est courbé, amaigri, coiffé d'une chapka trop grande. Dès qu'il me voit, il délaisse les personnes à qui il est en train de parler et vient me serrer longuement dans ses bras. *Ah, le célèbre Silvère...* dit-il, très ému et se rappelant les premiers mots qu'il m'a adressés, cinquante ans plus tôt, dans son camion. Même café aussi, ensuite, où nous buvons le verre qui signifie que la vie continue. Nous sommes tous les quatre à une table, Lours', Luce, Mara et moi, autour d'un vin chaud. Je crois bien que c'est à cette même table que j'étais avec Jean quand il m'a confié avoir été amoureux, lui aussi, de Mara. J'hésite à le raconter, puis je m'abstiens, après tout c'était son jardin secret et il ne m'a pas autorisé à y faire entrer tout le monde. Ils veulent savoir si je savais, à Ouessant, et je leur dis la vérité : Jean ne m'a parlé de sa maladie qu'après leur départ. Nous nous demandons comment nous avons été assez aveugles pour ne rien deviner. Luce lui en veut un peu de nous avoir baladés. Mara non, elle comprend, elle aurait fait comme lui. Lours' salue l'artiste : *Il aura eu la classe jusqu'au bout.*

Au moment de nous séparer, je suis pris d'angoisse, j'ai le sentiment que je ne peux pas les laisser partir comme ça, que ce serait insupportable, désespérant. *Attendez !* Lours' et Mara, qui étaient déjà debout, se rassoient. J'improvise avec maladresse : *Attendez... je pensais qu'on pourrait... oui, on pourrait se revoir, tous les quatre, même si Jean n'est plus là... je veux dire... c'est quand même lui qui nous a réunis... je ne dis pas forcément un rendez-vous programmé... il ne faudrait pas que ce soit... que ça devienne... ce serait une façon de...* Luce vient à mon secours : *Une façon de lui rendre hommage. – Oui, c'est ça, de lui rendre hommage. – Et de nous faire plaisir aussi, non ?* ajoute Mara. Lours' approuve. Nous approuvons tous.

Dans la semaine qui suit, la communication entre nous quatre est frénétique. Une cinquantaine de mails croisés, en quelques jours. Une sorte de révolte collective, tout à la fois contre la tristesse, contre la mort et contre la soumission au destin. Nous sommes tous d'accord pour nous revoir l'année suivante, et plus si affinités. Luce propose que la prochaine fois ce soit dans le Jura suisse. Elle y connaît un chalet incroyable, perdu dans la nature, et nous imagine vraiment bien dans ce décor, à randonner, manger des raclettes et boire du vin blanc. Tous nos courriers sont mis en copie sauf les quelques-uns, très brefs, que Mara et moi échangeons en privé :

— *Silvère, je te propose, si nous nous revoyons, que ce soit en amis, sinon nous aurons du mal à gérer ça avec les autres. Je t'embrasse. Mara.*

— *C'est d'accord. C'est mieux. C'est mieux pour tout. Je t'embrasse. Silvère.*

— *Merci. Encore une question, tout de même, Silvère : avoue que tu as bien frappé à ma porte, la dernière nuit, à Ouessant.*

— *Non, Mara, je n'ai pas frappé à ta porte.*

27

LE HÉRISSON.

Son itinéraire et ses horaires sont immuables. Vers 3 heures du matin, il quitte le gîte que le vieil homme lui a aménagé dans son jardin. C'est une ancienne ruche enfouie sous un amas de feuilles, de branches et de terre, avec un tunnel d'accès constitué par un tuyau en plastique rigide de diamètre 20. Chaque nuit, il s'y faufile malgré son embonpoint et sort à l'autre bout, prudemment. Il hume l'air de son museau humide et noir. Il ignore le fond de lait que le vieil homme place toujours là pour lui, dans un bol ébréché. Il n'y touche jamais, le lait est mortel pour un hérisson et le vieil homme ne le sait pas. S'il ne détecte aucun danger, blaireau, hibou, chien, il se met en route. Il longe la clôture, monte sur le remblai, descend de l'autre côté, suit le chemin par le haut du talus, traverse la route le plus vite possible, deux de ses amis s'y sont fait écraser récemment, et il s'en va par le fossé jusqu'à la maison qui l'intéresse. Il la contourne. Sa graisse le fait se dandiner et ses pattes trop courtes peinent à supporter son poids.

Derrière la maison, sous une fenêtre et près du

mur, il y a un regard. C'est une petite loge cubique d'environ quarante centimètres de côté, creusée dans le sol et bétonnée. Elle permet d'accéder à la canalisation d'eau. Elle a été recouverte d'une trappe en bois, mais celui qui l'a installée s'est montré négligent et elle n'est pas parfaitement stable. Quand le hérisson passe sur un angle de cette trappe, l'angle opposé se soulève un peu et, en retombant, une des planchettes heurte le cadre. Elle rebondit deux fois. C'est très sonore, car cela résonne à cause du vide de la cavité, en dessous. Cela fait très exactement comme si on toquait de l'index à une porte de bois, *toc... toctoc*, et on peut l'entendre d'assez loin, peut-être même de l'intérieur de la maison.

Près de là, et c'est le but de sa promenade, le hérisson arrive à ce bout de terre qu'il a découvert par hasard au printemps dernier. C'est de loin le meilleur coin à lombrics de l'île. Ils y sont gras, luisants et nombreux. Il gratte de ses pattes avant et se goinfre. Avec un peu de chance il s'offre même en dessert un scarabée qui craque sous ses dents.

Au retour il peut éviter le regard en suivant le mur de près, mais il choisit souvent de repasser sur la trappe, juste pour le plaisir. La planchette bascule, rebondit sur le cadre et cela refait le même bruit : *toc... toctoc*. Il suit pour rentrer le même chemin qu'à l'aller : fossé, talus, jardin, tuyau. Une fois revenu dans sa ruche, il se couche, repu, et tâche de retrouver le sommeil jusqu'au matin.